考試分數大躍進
累積實力
百萬考生見證
應考秘訣

4

據日本國際交流基金考試相關概要

絕對合格
圖解比較文法

N4

新制日檢！

吉松由美
西村惠子・大山和佳子
山田社日檢題庫小組◎合著

吳季倫◎譯

U0080095

山田社
Shan Tian She

為了擺脫課本文法，練就文法直覺力！
122 項文法加上 244 張「雙圖比較」，
關鍵字再加持，
提供記憶線索，讓「字」帶「句」，「句」帶「文」，
瞬間回憶整段話！

關鍵字＋雙圖比較記憶→專注力強，可以濃縮龐雜資料成「直覺」記憶，
關鍵字＋雙圖比較記憶→爆發力強，可以臨場發揮驚人的記憶力，
關鍵字＋雙圖比較記憶→穩定力強，可以持續且堅實地讓記憶長期印入腦海中！

　　日語文法中有像「らしい」（像…樣子）、「ようだ」（好像…）意思相近的文法項目：

らしい（像…樣子）：關鍵字「推測」→著重「根據傳聞或客觀證據做出推測」。
ようだ（好像…）：關鍵字「推測」→著重「以自己的想法或經驗做出推測」。

　　「らしい」跟「ようだ」有插圖，將差異直接畫出來，配合文字點破跟關鍵字加持，可以幫助快速理解、確實釐清和比較，不用背，就直接印在腦海中！

　　除此之外，類似文法之間的錯綜複雜關係，「接續方式」及「用法」，經常跟哪些詞前後呼應，是褒意、還是貶意，以及使用時該注意的地方等等，都是學習文法必過的關卡。為此，本書將一一為您破解。

┤精彩內容├

■ 關鍵字膠囊式速效魔法，濃縮學習時間！

　　本書精選 122 項 N4 程度的入門級文法，每項文法都有關鍵字加持，關鍵字是以最少的字來濃縮龐大的資料，它像一把打開記憶資料庫的鑰匙，可以瞬間回憶文法整個意思。也就是，以更少的時間，得到更大的效果，不用大腦受苦，還可以讓信心爆棚，輕鬆掌握。

■ 雙圖比較記憶，讓文法規則也能變成直覺！

　　為了擺脫課本文法，練就您的文法直覺力，每項文法都精選一個日檢考官最愛出，最難分難解、刁鑽易混淆的類義文法，並配合 244 張「兩張插圖比較」，將文法不同處直接用畫的給您看，讓您迅速理解之間的差異。大呼「文法不用背啦」！

■ 重點文字點破意思，不囉唆越看越上癮！

　　為了紮實對文法的記憶根底，務求對每一文法項目意義明確、清晰掌握。書中還按照助詞、指示詞的使用，及許可、意志、判斷、可能、變化、理由、授受表現、使役、被動…等不同機能，整理成 12 個章節，並以簡要重點文字點破每一文法項目的意義、用法、語感…等的微妙差異，讓您學習不必再「左右為難」，內容扎實卻不艱深，一看就能掌握重點！讓您考試不再「一知半解」，一看題目就能迅速找到答案，一舉拿下高分！

■ 文法闖關實戰考題，立驗學習成果！

　　為了加深記憶，強化活用能力，學習完文法概念，最不可少的就是要自己實際做做看！每個章節後面都附有豐富的考題，以過五關斬六將的方式展現，讓您寫對一題，好像闖過一關，就能累積實力點數。

　　本書廣泛地適用於一般的日語初學者，大學生，碩博士生、參加日本語能力考試的考生，以及赴日旅遊、生活、研究、進修人員，也可以作為日語翻譯、日語教師的參考書。

　　書中還附有日籍老師精心錄製的 MP3 光碟，提供您學習時能更加熟悉日語的標準發音，累積堅強的聽力基礎。扎實內容，您需要的，通通都幫您設想到了！本書提供您最完善、最全方位的日語學習，絕對讓您的日語實力突飛猛進！

目録 もくじ

第1章 ▶ 助詞

助詞

1 疑問詞＋でも ⸺⸺⸺⸺⸺⸺⸺⸺⸺⸺⸺⸺ 10
2 疑問詞＋ても、でも ⸺⸺⸺⸺⸺⸺⸺⸺ 11
3 疑問詞＋〜か ⸺⸺⸺⸺⸺⸺⸺⸺⸺⸺⸺ 13
4 かい ⸺⸺⸺⸺⸺⸺⸺⸺⸺⸺⸺⸺⸺⸺ 14
5 の ⸺⸺⸺⸺⸺⸺⸺⸺⸺⸺⸺⸺⸺⸺⸺ 15
6 だい ⸺⸺⸺⸺⸺⸺⸺⸺⸺⸺⸺⸺⸺⸺ 16
7 までに ⸺⸺⸺⸺⸺⸺⸺⸺⸺⸺⸺⸺⸺ 17
8 ばかり ⸺⸺⸺⸺⸺⸺⸺⸺⸺⸺⸺⸺⸺ 19
9 でも ⸺⸺⸺⸺⸺⸺⸺⸺⸺⸺⸺⸺⸺⸺ 20

第2章 ▶ 指示詞、句子的名詞化及縮約形

指示語、文の名詞化と縮約形

1 こんな ⸺⸺⸺⸺⸺⸺⸺⸺⸺⸺⸺⸺⸺ 24
2 こう ⸺⸺⸺⸺⸺⸺⸺⸺⸺⸺⸺⸺⸺⸺ 25
3 そんな ⸺⸺⸺⸺⸺⸺⸺⸺⸺⸺⸺⸺⸺ 26
4 あんな ⸺⸺⸺⸺⸺⸺⸺⸺⸺⸺⸺⸺⸺ 28
5 そう ⸺⸺⸺⸺⸺⸺⸺⸺⸺⸺⸺⸺⸺⸺ 29
6 ああ ⸺⸺⸺⸺⸺⸺⸺⸺⸺⸺⸺⸺⸺⸺ 30
7 さ ⸺⸺⸺⸺⸺⸺⸺⸺⸺⸺⸺⸺⸺⸺⸺ 32
8 の（は／が／を）⸺⸺⸺⸺⸺⸺⸺⸺⸺ 33
9 こと ⸺⸺⸺⸺⸺⸺⸺⸺⸺⸺⸺⸺⸺⸺ 35
10 が ⸺⸺⸺⸺⸺⸺⸺⸺⸺⸺⸺⸺⸺⸺⸺ 36
11 ちゃ、ちゃう ⸺⸺⸺⸺⸺⸺⸺⸺⸺⸺⸺ 37

第3章 ▶ 許可、禁止、義務及命令

許可、禁止、義務と命令

1 てもいい ⸺⸺⸺⸺⸺⸺⸺⸺⸺⸺⸺⸺ 41
2 なくてもいい ⸺⸺⸺⸺⸺⸺⸺⸺⸺⸺ 42
3 てもかまわない ⸺⸺⸺⸺⸺⸺⸺⸺⸺ 44

4 なくてもかまわない ⋯⋯⋯⋯⋯⋯⋯⋯⋯⋯⋯⋯ 45
5 てはいけない ⋯⋯⋯⋯⋯⋯⋯⋯⋯⋯⋯⋯⋯⋯⋯ 47
6 な ⋯⋯⋯⋯⋯⋯⋯⋯⋯⋯⋯⋯⋯⋯⋯⋯⋯⋯⋯⋯ 48
7 なければならない ⋯⋯⋯⋯⋯⋯⋯⋯⋯⋯⋯⋯⋯ 49
8 なくてはいけない ⋯⋯⋯⋯⋯⋯⋯⋯⋯⋯⋯⋯⋯ 51
9 なくてはならない ⋯⋯⋯⋯⋯⋯⋯⋯⋯⋯⋯⋯⋯ 53
10 命令形 ⋯⋯⋯⋯⋯⋯⋯⋯⋯⋯⋯⋯⋯⋯⋯⋯⋯⋯ 54
11 なさい ⋯⋯⋯⋯⋯⋯⋯⋯⋯⋯⋯⋯⋯⋯⋯⋯⋯⋯ 55

第4章 ▸意志及希望

意志と希望

1 てみる ⋯⋯⋯⋯⋯⋯⋯⋯⋯⋯⋯⋯⋯⋯⋯⋯⋯⋯ 58
2 （よ）うとおもう ⋯⋯⋯⋯⋯⋯⋯⋯⋯⋯⋯⋯⋯⋯ 59
3 （よ）う ⋯⋯⋯⋯⋯⋯⋯⋯⋯⋯⋯⋯⋯⋯⋯⋯⋯ 61
4 （よ）うとする ⋯⋯⋯⋯⋯⋯⋯⋯⋯⋯⋯⋯⋯⋯ 62
5 にする ⋯⋯⋯⋯⋯⋯⋯⋯⋯⋯⋯⋯⋯⋯⋯⋯⋯⋯ 64
6 ことにする ⋯⋯⋯⋯⋯⋯⋯⋯⋯⋯⋯⋯⋯⋯⋯⋯ 65
7 つもりだ ⋯⋯⋯⋯⋯⋯⋯⋯⋯⋯⋯⋯⋯⋯⋯⋯⋯ 67
8 てほしい ⋯⋯⋯⋯⋯⋯⋯⋯⋯⋯⋯⋯⋯⋯⋯⋯⋯ 69
9 がる（がらない） ⋯⋯⋯⋯⋯⋯⋯⋯⋯⋯⋯⋯⋯ 70
10 たがる（たがらない） ⋯⋯⋯⋯⋯⋯⋯⋯⋯⋯⋯ 72
11 といい ⋯⋯⋯⋯⋯⋯⋯⋯⋯⋯⋯⋯⋯⋯⋯⋯⋯⋯ 74

第5章 ▸判断及推測

判断と推量

1 はずだ ⋯⋯⋯⋯⋯⋯⋯⋯⋯⋯⋯⋯⋯⋯⋯⋯⋯⋯ 77
2 はずが（は）ない ⋯⋯⋯⋯⋯⋯⋯⋯⋯⋯⋯⋯⋯⋯ 78
3 そう ⋯⋯⋯⋯⋯⋯⋯⋯⋯⋯⋯⋯⋯⋯⋯⋯⋯⋯⋯ 80
4 ようだ ⋯⋯⋯⋯⋯⋯⋯⋯⋯⋯⋯⋯⋯⋯⋯⋯⋯⋯ 81
5 らしい ⋯⋯⋯⋯⋯⋯⋯⋯⋯⋯⋯⋯⋯⋯⋯⋯⋯⋯ 83
6 がする ⋯⋯⋯⋯⋯⋯⋯⋯⋯⋯⋯⋯⋯⋯⋯⋯⋯⋯ 85
7 かどうか ⋯⋯⋯⋯⋯⋯⋯⋯⋯⋯⋯⋯⋯⋯⋯⋯⋯ 86
8 だろう ⋯⋯⋯⋯⋯⋯⋯⋯⋯⋯⋯⋯⋯⋯⋯⋯⋯⋯ 87
9 （だろう）とおもう ⋯⋯⋯⋯⋯⋯⋯⋯⋯⋯⋯⋯⋯ 89
10 とおもう ⋯⋯⋯⋯⋯⋯⋯⋯⋯⋯⋯⋯⋯⋯⋯⋯⋯ 90
11 かもしれない ⋯⋯⋯⋯⋯⋯⋯⋯⋯⋯⋯⋯⋯⋯⋯ 91

第6章 ▶可能、難易、程度、引用及對象

可能、難易、程度、引用と対象

1 ことがある――――――――――――――――94
2 ことができる――――――――――――――95
3 (ら)れる―――――――――――――――97
4 やすい――――――――――――――――99
5 にくい――――――――――――――――100
6 すぎる――――――――――――――――101
7 数量詞＋も――――――――――――――103
8 そうだ――――――――――――――――104
9 という――――――――――――――――106
10 ということだ―――――――――――――107
11 について(は)、につき、についても、についての――108

第7章 ▶變化、比較、經驗及附帶狀況

変化、比較、経験と付帯

1 ようになる――――――――――――――112
2 ていく――――――――――――――――113
3 てくる――――――――――――――――115
4 ことになる――――――――――――――116
5 ほど～ない――――――――――――――118
6 と～と、どちら――――――――――――119
7 たことがある――――――――――――――121
8 ず(に)―――――――――――――――122

第8章 ▶行為的開始與結束等

行為の開始と終了等

1 ておく――――――――――――――――125
2 はじめる――――――――――――――127
3 だす――――――――――――――――128
4 ところだ――――――――――――――129
5 ているところだ―――――――――――130
6 たところだ―――――――――――――132
7 てしまう――――――――――――――133

8	おわる	135
9	つづける	136
10	まま	137

第9章 ▶ 理由、目的及並列

理由、目的と並列

1	し	140
2	ため (に)	141
3	ように	143
4	ようにする	144
5	のに	146
6	とか〜とか	147

第10章 ▶ 條件、順接及逆接

条件、順接と逆接

1	と	151
2	ば	152
3	たら	154
4	たら〜た	156
5	なら	157
6	たところ	159
7	ても、でも	160
8	けれど (も)、けど	161
9	のに	163

第11章 ▶ 授受表現

授受表現

1	あげる	166
2	てあげる	167
3	さしあげる	168
4	てさしあげる	170
5	やる	171
6	てやる	172
7	もらう	174
8	てもらう	175

9 いただく································176
10 ていただく································1⁄⁄
11 くださる································179
12 てくださる································180
13 くれる································182
14 てくれる································183

第12章 ▶被動、使役、使役被動及敬語

受身、使役、使役受身と敬語

1 （ら）れる································186
2 （さ）せる································188
3 （さ）せられる································189
4 名詞＋でございます································191
5 （ら）れる································192
6 お／ご＋名詞································193
7 お／ご〜になる································195
8 お／ご〜する································196
9 お／ご〜いたす································198
10 お／ご〜ください································199
11 （さ）せてください································201

N4

Bun Pou Hikaku

Chapter

1

★ ★ ★ ★ ★

助詞

1 疑問詞＋でも
2 疑問詞＋ても、でも
3 疑問詞＋～か
4 かい
5 の
6 だい

7 までに
8 ばかり
9 でも

🎧 Track 001

1 疑問詞＋でも
無論、不論、不拘

接續方法 {疑問詞}＋でも

意思1

【全面肯定或否定】「でも」前接疑問詞時，表示全面肯定或否定，也就是沒有例外，全部都是。句尾大都是可能或容許等表現。中文意思是：「無論、不論、不拘」。

例文A

いつでも寝られます。

任何時候都能倒頭就睡。

補充

〖✕ なにでも〗沒有「なにでも」的說法。

比較

● 疑問詞＋も＋肯定
無論…都…

接續方法 {疑問詞}＋も

意思

【全面肯定】「疑問詞＋も＋肯定」表示全面肯定，為「無論…都…」之意。

例文 a

この絵とあの絵、どちらも好きです。

這張圖和那幅畫，我兩件都喜歡。

◆ 比較說明 ◆

「疑問詞＋でも」與「疑問詞＋も」都表示全面肯定，但「疑問詞＋でも」指「從所有當中，不管選哪一個都…」；「疑問詞＋も」指「把所有當成一體來說，都…」的意思。

2 疑問詞＋ても、でも
(1) 不管（誰、什麼、哪兒）…；(2) 無論…

接續方法 {疑問詞}＋{形容詞く形}＋ても；{疑問詞}＋{動詞て形}＋も；{疑問詞}＋{名詞；形容動詞詞幹}＋でも

意思1

【不論】前面接疑問詞，表示不論什麼場合、什麼條件，都要進行後項，或是都會產生後項的結果。中文意思是：「不管（誰、什麼、哪兒）」。

例文 A

いくら高くても、必要な物は買います。

即使價格高昂，必需品還是得買。

意思2

【全部都是】 表示全面肯定或否定，也就是沒有例外，全部都是。中文意思是：「無論…」。

例文B

2時間以内なら何を食べても飲んでもいいです。

只要在兩小時之內，可以盡情吃到飽、喝到飽。

比較

● 疑問詞＋も＋否定

也（不）…

接續方法 {疑問詞}＋も＋ません

意 思

【全面否定】「も」上接疑問詞，下接否定語，表示全面的否定。

例文b

お酒はいつも飲みません。

我向來不喝酒。

◆ 比較說明 ◆

「疑問詞＋ても、でも」表示不管什麼場合，全面肯定或否定；「疑問詞＋も＋否定」表示全面否定。

疑問詞＋ても、でも【全部都是】　例文B

2H以内

疑問詞＋も＋否定【全面否定】　例文b

3 疑問詞＋～か

…呢

接續方法 {疑問詞}＋{名詞；形容動詞詞幹；[形容詞・動詞] 普通形}＋か

意思1

【不確定】 表示疑問，也就是對某事物的不確定。當一個完整的句子中，包含另一個帶有疑問詞的疑問句時，則表示事態的不明確性。中文意思是：「…呢」。

例文A

何時_{なんじ}に行_いくか、忘_{わす}れてしまいました。

忘記該在幾點出發了。

補 充

〔**省略助詞**〕 此時的疑問句在句中扮演著相當於名詞的角色，但後面的助詞「は、が、を」經常被省略。

比較

● かどうか

是否…、…與否

接續方法 {名詞；形容動詞詞幹；[形容詞・動詞] 普通形}＋かどうか

意 思

【不確定】 表示從相反的兩種情況或事物之中選擇其一。「かどうか」前面的部分接「不知是否屬實」的事情、情報。

例文a

これでいいかどうか、教_{おし}えてください。

請告訴我這樣是否可行。

◆ 比較說明 ◆

用「疑問詞＋～か」，表示對「誰、什麼、哪裡」或「什麼時候」等感到不確定；而「かどうか」也表不確定，用在不確定情況究竟是「是」還是「否」。

疑問詞＋～か【不確定】

例文 A

かどうか【不確定】

例文 a

🎧 Track 004

4 かい
…嗎

接續方法 {句子}＋かい

意思1

【疑問】 放在句尾，表示親暱的疑問。用在句尾讀升調。一般為年長男性用語。中文意思是：「…嗎」。

例文 A

昨日は楽しかったかい。
きのう たの

昨天玩得開心吧？

比較

● 句子＋か
嗎、呢

接續方法 {句子}＋か

意思

【疑問句】 接於句末，表示問別人自己想知道的事。

例文 a

あなたは横田さんではありませんか。

您不是橫田小姐嗎？

◆ 比較說明 ◆

「かい」與「か」都表示疑問，放在句尾，但「かい」用在親暱關係之間（對象是同輩或晚輩），「か」可以用在所有疑問句子。

5 の
…嗎、…呢

接續方法 {句子}＋の

意思1

【疑問】 用在句尾，以升調表示提出問題。一般是用在對兒童，或關係比較親密的人，為口語用法。中文意思是：「…嗎、…呢」。

例文 A

薬を飲んだのに、まだ熱が下がらないの。

藥都吃了，高燒還沒退嗎？

比較

● の

接續方法 {[名・形容動詞詞幹] な；[形容詞・動詞] 普通形}＋の

【斷定】 表示輕微的斷定。一般表示說明事情的原因，大多是小孩或女性用語。

例文 a

<ruby>私<rt>わたし</rt></ruby>は<ruby>彼<rt>かれ</rt></ruby>が<ruby>大嫌<rt>だいきら</rt></ruby>いなの。

我最討厭他了。

◆ 比較說明 ◆

「の」用上昇語調唸，表示疑問；「の」用下降語調唸，表示斷定。

🎧 **Track 006**

6 だい
…呢、…呀

接續方法 {句子} ＋だい

意思1

【疑問】 接在疑問詞或含有疑問詞的句子後面，表示向對方詢問的語氣，有時也含有責備或責問的口氣。成年男性用言，用在口語，說法較為老氣。中文意思是：「…呢、…呀」。

例文A

なぜこれがわからないんだい。

為啥連這點小事也不懂？

● かい

…嗎

接續方法 {句子}＋かい

意　思

【疑問】 放在句尾，表示親暱的疑問。

例文 a

きみ　しゅっしん　とうほく
君、出身は東北かい。

你來自東北嗎？

◆ 比較說明 ◆

「だい」表示疑問，前面常接疑問詞，含有責備或責問的口氣；「かい」表示疑問或確認，是一種親暱的疑問。

🎧 Track 007

7 までに

在…之前、到…時候為止；到…為止

接續方法 {名詞；動詞辭書形}＋までに

意思 1

【期限】 接在表示時間的名詞後面，後接一次性行為的瞬間性動詞，表示動作或事情的截止日期或期限。中文意思是：「在…之前、到…時候為止」。

水曜日までにこの宿題ができますか。

在星期三之前這份作業做得完嗎？

補 充

〚**範圍－まで**〛不同於「までに」，用「まで」後面接持續性的動詞和行為，表示某事件或動作，一直到某時間點前都持續著。中文意思是：「到…為止」。

例 文

電車が来るまで、電話で話しましょう。

電車來之前，在電話裡談吧。

比較

● まで

到…為止

接續方法 {名詞；動詞辭書形}＋まで

意 思

【**範圍**】表示某事件或動作，直在某時間點前都持續著。

例文 a

昨日は日曜日で、お昼まで寝ていました。

昨天是星期日，所以睡到了中午。

◆ 比較說明 ◆

「までに」表示期限，表示動作在期限之前的某時間點執行；「まで」表示範圍，表示動作會持續進行到某時間點。

まで【範圍】 例文a

までに【期限】 例文A

水曜日　問題集 P.30～40

8　ばかり
(1) 剛…；(2) 總是…、老是…；(3) 淨…、光…

意思1

【時間前後】｛動詞た形｝＋ばかり。表示某動作剛結束不久，含有説話人感到時間很短的語感。中文意思是：「剛…」。

例文A

「ライン読んだ。」「ごめん、今起きたばかりなんだ。」

「你看過 LINE 了嗎？」「抱歉，我剛起床。」

意思2

【重複】｛動詞て形｝＋ばかり。表示説話人對不斷重複一樣的事，或一直都是同樣的狀態，有不滿、譴責等負面的評價。中文意思是：「總是…、老是…」。

例文B

テレビを見てばかりいないで掃除しなさい。

別總是守在電視機前面，快去打掃！

意思3

【強調】｛名詞｝＋ばかり。表示數量、次數非常多，而且淨是些不想看到、聽到的不理想的事情。中文意思是：「淨…、光…」。

彼はお酒ばかり飲んでいます。

他光顧著拚命喝酒。

比較

● だけ

只、僅僅

接續方法 {名詞（＋助詞)}＋だけ；{名詞；形容動詞詞幹な}＋だけ；
{[形容詞・動詞]普通形}＋だけ

意 思

【限定】 表示只限於某範圍，除此以外沒有別的了。

例文 c

お金があるだけでは、結婚できません。

光是有錢並不能結婚。

◆ 比較說明 ◆

「ばかり」表示強調，用在數量、次數多，或總是處於某狀態的時候；「だけ」表示限定，用在限定的某範圍。

🎧 Track 009

9 でも

(1)…之類的；(2)就連…也

接續方法 {名詞}＋でも

【舉例】 用於隨意舉例。表示雖然含有其他的選擇，但還是舉出一個具代表性的例子。中文意思是：「⋯之類的」。

例文A

暇ですね。テレビでも見ますか。

好無聊喔，來看個電視吧。

意思2

【極端的例子】 先舉出一個極端的例子，再表示其他一般性的情況當然是一樣的。中文意思是：「就連⋯也」。

例文B

先生でも意味がわからない言葉があります。

其中還包括連老師也不懂語意的詞彙。

比較

● ても、でも

即使⋯也

接續方法 {形容詞く形}＋ても；{動詞て形}＋も；{名詞；形容動詞詞幹}＋でも

意　思

【假定逆接】 表示後項的成立，不受前項的約束，是一種假定逆接表現，後項常用各種意志表現的說法。

例文b

社会が厳しくても、私は頑張ります。

即使社會嚴苛我也會努力。

◆ 比較說明 ◆

「でも」用在舉出一個極端的例子，要用「名詞＋でも」的接續形式；「ても／でも」表示假定逆接，也就是無論前項如何，也不會改變後項。要用「動詞て形＋も」、「形容詞く＋ても」或「名詞；形容動詞詞幹＋でも」的接續形式。

でも 【極端的例子】

例文B

ても、でも 【假定逆接】

例文b

MEMO

1 実力テスト

做對了，往😊走，做錯了往❌走。

次の文の_____にはどんな言葉を入れたらよいか。1・2から最も適当なものをひとつ選びなさい。

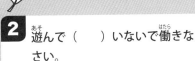

實力測驗

Q 哪一個是正確的？

1 クリスマス（　）、彼に告白します。

1.までに　　2.まで

譯 1.までに：在…之前
2.まで：到…為止

2 遊んで（　）いないで働きなさい。

1.ばかり　　2.だけ

譯 1.ばかり：光…
2.だけ：只

3 おまわりさん（　）、悪いことをする人もいる。

1.でも　　2.ても

譯 1.でも：就連…也
2.ても：即使…也

4 誰（　）できる簡単な仕事です。

1.でも　　2.も

譯 1.でも：無論
2.も：都…

5 その服、すてきね。どこで買った（　）。

1.の（上昇調）　2.の（下降調）

譯 1.の：呢、嗎
2.の：✕

6 そこに誰かいるの（　）。

1.だい　　2.かい

譯 1.だい：呢
2.かい：嗎

答案：（1）1 （2）1 （3）1
　　　（4）1 （5）1 （6）2

Chapter

2

★★★★★

指示語、文の名詞化と縮約形

1 こんな
2 こう
3 そんな
4 あんな
5 そう
6 ああ

7 さ
8 の（は／が／を）
9 こと
10 が
11 ちゃ、ちゃう

🎧 Track 010

1 こんな
這樣的、這麼的、如此的；這樣地

接續方法 こんな＋{名詞}

意思1

【程度】 間接地在講人事物的狀態或程度，而這個事物是靠近説話人的，也可能是剛提及的話題或剛發生的事。中文意思是：「這樣的、這麼的、如此的」。

例文A

こんな家が欲しいです。

想要一間像這樣的房子。

補充

〖こんなに〗「こんなに」為指示程度，是「這麼，這樣地；如此」的意思，為副詞的用法，用來修飾動詞或形容詞。中文意思是：「這樣地」。

例文

私はこんなにやさしい人に会ったことがない。

我不曾遇過如此體貼的人。

比較

● こう
這樣、這麼

接續方法 こう＋{動詞}

【方法】 表示方式或方法。

例文 a

アメリカでは、こう握手して挨拶します。

在美國都像這樣握手寒暄。

◆ 比較說明 ◆

「こんな」（這樣的）表示程度，後面一定要接名詞；「こう」（這樣）表示方法，後面要接動詞。

🎧 Track 011

2 こう
(1) 這樣、這麼；(2) 這樣

接續方法 こう＋{動詞}

意思1

【方法】 表示方式或方法。中文意思是：「這樣、這麼」。

例文 A

こうすれば簡単です。

只要這樣做就很輕鬆了。

意思2

【限定】 表示眼前或近處的事物的樣子、現象。中文意思是：「這樣」。

例文B

こう毎日寒いと外に出たくない。

天天冷成這樣，連出門都不願意了。

比較

● そう

那樣

接續方法 そう＋{動詞}

意思

【限定】表示眼前或近處的事物的樣子、現象。

例文 b

息子は野球が好きだ。僕も子供のころそうだった。

兒子喜歡棒球，我小時候也一樣。

◆ 比較說明 ◆

「こう」用在眼前的物或近處的事時；「そう」用在較靠近對方或較為遠處的事物。

こう【限定】　例文B

そう【限定】　例文b

🎧 Track 012

3 そんな

那樣的；那樣地

接續方法 そんな＋{名詞}

【程度】 間接的在說人或事物的狀態或程度。而這個事物是靠近聽話人的或聽話人之前說過的。有時也含有輕視和否定對方的意味。中文意思是：「那樣的」。

例文A

そんな服を着ないでください。

請不要穿那樣的服裝。

補 充

〖そんなに〗「そんなに」為指示程度，是「程度特別高或程度低於預期」的意思，為副詞的用法，用來修飾動詞或形容詞。中文意思是：「那樣地」。

例 文

そんなに気をつかわないでください。

請不必那麼客套。

比較

● あんな
那樣的

接續方法 あんな＋{名詞}

意 思

【程度】 間接地說人或事物的狀態或程度。而這是指說話人和聽話人以外的事物，或是雙方都理解的事物。

例文 a

あんなやり方ではだめだ。

那種作法是行不通的。

◆ **比較說明** ◆

「そんな」用在離聽話人較近，或聽話人之前說過的事物；「あんな」用在離說話人、聽話人都很遠，或雙方都知道的事物。

そんな【程度】 例文A

あんな【程度】 例文a

4 あんな
那樣的；那樣地

接續方法 あんな＋{名詞}

意思1

【程度】 間接地説人或事物的狀態或程度。而這是指説話人和聽話人以外的事物，或是雙方都理解的事物。中文意思是：「那樣的」。

例文A

あんな便利な冷蔵庫が欲しい。

真想擁有那樣方便好用的冰箱！

補 充

〖あんなに〗「あんなに」為指示程度，是「那麼，那樣地」的意思，為副詞的用法，用來修飾動詞或形容詞。中文意思是：「那樣地」。

例 文

あんなに怒ると、子供はみんな泣きますよ。

瞧你發那麼大的脾氣，會把小孩子們嚇哭的喔！

比較

● **こんな**

這樣的、這麼的、如此的

接續方法 こんな＋{名詞}

【程度】 間接地在講人事物的狀態或程度，而這個事物是靠近說話人的，也可能是剛提及的話題或剛發生的事。

例文 a

こんな洋服は、いかがですか。

這樣的洋裝如何？

◆ 比較說明 ◆

事物的狀態或程度是那樣就用「あんな」；事物的狀態或程度是這樣就用「こんな」。

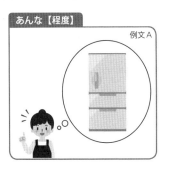

🎧 Track 014

5 そう
(1) 那樣；(2) 那樣

接續方法 そう＋{動詞}

意思 1

【方法】 表示方式或方法。中文意思是：「那樣」。

例文 A

母にはそう話をします。

我要告訴媽媽那件事。

意思 2

【限定】 表示眼前或近處的事物的樣子、現象。中文意思是：「那樣」。

例文B

私もそういう大人になりたい。

我長大以後也想成為那樣的人。

比較

● ああ

那樣

接續方法 ああ＋{動詞}

意 思

【限定】表示眼前或近處的事物的樣子。

例文b

彼は怒るといつもああだ。

他一生起氣來一向都是那樣子。

◆ 比較說明 ◆

「そう」用在離聽話人較近，或聽話人之前說過的事；「ああ」用在
離說話人、聽話人都很遠，或雙方都知道的事。

🎧 Track 015

6 ああ
(1) 那樣；(2) 那樣

接續方法 ああ＋{動詞}

【方法】 表示方式或方法。中文意思是：「那樣」。

例文A

ああしろこうしろとうるさい。

一下叫我那樣，一下叫我這樣煩死人了！

意思2

【限定】 表示眼前或近處的事物的樣子、現象。中文意思是：「那樣」。

例文B

しゃちょう　　　さけ　　の
社長はお酒を飲むといつもああだ。

總經理只要一喝酒，就會變成那副模樣。

比較

● あんな
那樣的

接續方法 あんな＋{名詞}

意 思

【程度】 間接地説人或事物的狀態或程度。而這是指説話人和聽話人以外的事物，或是雙方都理解的事物。

例文b

わたし　　　　　　　いえ　　す
私もあんな家に住みたいです。

我也想住那樣的房子。

◆ 比較說明 ◆

「ああ」與「あんな」都用在離説話人、聽話人都很遠，或雙方都知道的事。接續方法是：「ああ＋動詞」，「あんな＋名詞」。

7　さ

…度、…之大

接續方法　{[形容詞・形容動詞] 詞幹}＋さ

意思 1

【程度】 接在形容詞、形容動詞的詞幹後面等構成名詞，表示程度或狀態。也接跟尺度有關的如「長さ（長度）、深さ（深度）、高さ（高度）」等，這時候一般是跟長度、形狀等大小有關的形容詞。中文意思是：「…度、…之大」。

例文 A

この山の高さは、どのくらいだろう。

不曉得這座山的高度是多少呢？

比較

● **み**

帶有…、…感

接續方法　{[形容詞・形容動詞] 詞幹}＋み

意　思

【狀態】「み」是接尾詞，前接形容詞或形容動詞詞幹，表示該形容詞的這種狀態，或在某種程度上感覺到這種狀態。形容詞跟形容動詞轉為名詞的用法。

月曜日の放送を楽しみにしています。

我很期待看到星期一的播映。

◆ 比較說明 ◆

「さ」表示程度，用在客觀地表示性質或程度；「み」表示狀態，用在主觀地表示性質或程度。

🎧 Track 017

8　の（は／が／を）

的是…

接續方法 {名詞修飾短語}＋の（は／が／を）

意思1

【強調】以「短句＋のは」的形式表示強調，而想強調句子裡的某一部分，就放在「の」的後面。中文意思是：「的是…」。

例文A

この写真の、帽子をかぶっているのは私の妻です。

這張照片中，戴著帽子的是我太太。

意思2

【名詞化】用於前接短句，使其名詞化，成為句子的主語或目的語。

私はフランス映画を見るのが好きです。

我喜歡看法國電影。

補　充

〔**の＝人時地因**〕這裡的「の」含有人物、時間、地方、原因的意思。

比較

● こと

接續方法 {名詞の；形容動詞詞幹な；[形容詞・動詞]普通形}＋こと

意　思

【名詞化】做各種形式名詞用法。前接名詞修飾短句，使其名詞化，成為後面的句子的主語或目的語。「こと」跟「の」有時可以互換。但只能用「こと」的有：表達「話す（説）、伝える（傳達）、命ずる（命令）、要求する（要求）」等動詞的內容，後接的是「です、だ、である」、固定的表達方式「ことができる」等。

例文 b

言いたいことがあるなら、言えよ。

如果有話想講，就講啊！

◆ 比較說明 ◆

「の」表示名詞化，基本上用來代替人事物。「見る（看）、聞く（聽）」等表示感受外界事物的動詞，或是「止める（停止）、手伝う（幫忙）、待つ（等待）」等動詞，前面只能接「の」；「こと」，也表示名詞化，代替前面剛提到的或後面提到的事情。「です、だ、である」或「を約束する（約定…）、が大切だ（…很重要）、が必要だ（…必須）」等詞，前面只能接「こと」。另外，固定表現如「ことになる、ことがある」等也只能用「こと」。

の【名詞化】　例文 B

フランス映画 ❤❤

こと【名詞化】　例文 b

9　こと

接續方法 {名詞の；形容動詞詞幹な；[形容詞・動詞] 普通形} ＋
　　　　こと

意思 1

【形式名詞】 做各種形式名詞用法。前接名詞修飾短句，使其名
詞化，成為後面的句子的主語或目的語。

例文 A

私は歌を歌うことが好きです。

我喜歡唱歌。

補　充

〔只用こと〕「こと」跟「の」有時可以互換。但只能用「こと」
的有：表達「話す（説）、伝える（傳達）、命ずる（命令）、要求
する（要求）」等動詞的內容，後接的是「です、だ、である」、固
定的表達方式「ことができる」等。

比較

● **もの**
　　東西

接續方法 {[名詞の；形容動詞詞幹な；[形容詞・動詞] 普通形；助
　　　　動詞た} ＋もの

【形式名詞】 名詞的代用的形式名詞，也就是代替前面已經出現過的某實質性的物品。

例文 a

いろいろなものを食べたいです。

想吃各種各樣的東西。

◆ 比較說明 ◆

「こと」表示形式名詞，代替前面剛提到的或後面提到的事。一般不寫漢字；「もの」也是形式名詞，代替某個實質性的東西。一般也不寫漢字。

こと【形式名詞】　例文A

もの【形式名詞】　例文a

🎧 **Track 019**

10 が

接續方法 {名詞}＋が

意思 1

【動作或狀態主體】 接在名詞的後面，表示後面的動作或狀態的主體。大多用在描寫句。

例文A

雪が降っています。

雪正在下。

● 目的語＋を

接續方法 {名詞}＋を

意　思

【目的】「を」用在他動詞（人為而施加變化的動詞）的前面，表示動作的目的或對象。「を」前面的名詞，是動作所涉及的對象。

例文 a

日本語の手紙を書きます。

寫日文書信。

◆ 比較說明 ◆

「が」接在名詞的後面，表示後面的動作或狀態的主體；「目的語＋を」的「を」用在他動詞的前面，表示動作的目的或對象；「を」前面的名詞，是動作所涉及的對象。

が【動作或狀態主體】　例文 A

目的語＋を【目的】　例文 a

🎧 Track 020

ちゃ、ちゃう

接續方法 {動詞て形}＋ちゃ、ちゃう

意思1

【縮略形】「ちゃ」是「ては」的縮略形式，也就是縮短音節的形式，一般是用在口語上。多用在跟自己比較親密的人，輕鬆交談的時候。

あ、もう8時。仕事に行かなくちゃ。

啊,已經八點了!得趕快出門上班了。

補充1

〖てしまう→ちゃう〗「ちゃう」是「てしまう」,「じゃう」是「でしまう」的縮略形式。

例　文

飛行機が、出発しちゃう。

飛機要飛走囉!

補充2

〖では→じゃ〗 其他如「じゃ」是「では」的縮略形式,「なくちゃ」是「なくては」的縮略形式。

比較

● じゃ

是…

接續方法 {名詞;形容動詞詞幹}＋じゃ

意　思

【縮略形】「じゃ」是「では」的縮略形式,也就是縮短音節的形式,一般是用在口語上。多用在跟自己比較親密的人,輕鬆交談的時候。

例文a

そんなにたくさん飲んじゃだめだ。

喝這麼多可不行喔!

◆ 比較說明 ◆

「ちゃ」是「ては」的縮略形式;「じゃ」是「では」的縮略形式。

ちゃ【縮略形】

例文 A

じゃ【縮略形】

例文 a

MEMO

2 実力テスト

做對了，往😊走，做錯了往❌走。

次の文の＿＿＿にはどんな言葉を入れたらよいか。1・2から最も適当なものをひとつ選びなさい。

實力測驗
Q 哪一個是正確的？

1 （　　）すると顔が小さく見えます。

1. こんな　　　　2. こう

譯
1. こんな：這樣的
2. こう：這樣

2 危ないよ。（　　）ことしちゃ、だめだよ。

1. そんな　　　2. あんな

譯
1. そんな：那樣的
2. あんな：那樣的

3 （テレビを見ながら）私も（　　）いう旅館に泊まってみたい。

1. そう　　　　2. ああ

譯
1. そう：那樣
2. ああ：那樣

4 月では重（　　）が約6分の1になる。

1. さ　　　　2. み

譯
1. さ：X
2. み：X

5 趣味は映画を見る（　　）です。

1. の　　　　2. こと

6 危ないから（　　）いけないよ。
1. 触っちゃ　　2. 触っじゃ

譯
1. の：X
2. こと：X

譯
1. 触っちゃ：摸
2. 触っじゃ：摸

答案：（1）2（2）1（3）2
（4）1（5）2（6）1

40

Chapter 3

★★★★★

許可、禁止、義務と命令

1 てもいい
2 なくてもいい
3 てもかまわない
4 なくてもかまわない
5 てはいけない
6 な

7 なければならない
8 なくてはいけない
9 なくてはならない
10 命令形
11 なさい

🎧 Track 021

1 てもいい
(1) 可以…嗎；(2)…也行、可以…

接續方法 {動詞て形}＋もいい

意思1

【要求】 如果說話人用疑問句詢問某一行為，表示請求聽話人允許某行為。中文意思是：「可以…嗎」。

例文A

このパソコンを使ってもいいですか。

請問可以借用一下這部電腦嗎？

意思2

【許可】 表示許可或允許某一行為。如果說的是聽話人的行為，表示允許聽話人某一行為。中文意思是：「…也行、可以…」。

例文B

ここに荷物を置いてもいいですよ。

包裹可以擺在這裡沒關係喔。

比較

● といい

要是…該多好

接續方法 {名詞だ；[形容詞・形動容詞・動詞] 辭書形}＋といい

【願望】 表示說話人希望成為那樣之意。句尾出現「けど、のに、が」時，含有這願望或許難以實現等不安的心情。

例文 b

夫の給料がもっと多いといいのに。
<small>おっと　きゅうりょう　　　　　　　　おお</small>

真希望我先生的薪水能多一些呀！

◆ 比較說明 ◆

「てもいい」用在允許做某事；「といい」用在希望某個願望能成真。

てもいい【許可】　例文 B

といい【願望】　例文 b

🎧 Track 022

2 なくてもいい
不…也行、用不著…也可以

接續方法 {動詞否定形（去い）}＋くてもいい

意思 1

【許可】 表示允許不必做某一行為，也就是沒有必要，或沒有義務做前面的動作。中文意思是：「不…也行、用不著…也可以」。

例文 A

作文は、明日出さなくてもいいですか。
<small>さくぶん　　あしただ</small>

請問明天不交作文可以嗎？

〔× なくてもいかった〕 要注意的是「なくてもいかった」或「なくてもいければ」是錯誤用法,正確是「なくてもよかった」或「なくてもよければ」。

例 文

間に合うのなら、急がなくてもよかった。

如果時間還來得及,不必那麼趕也行。

補充2

〔**文言－なくともよい**〕 較文言的表達方式為「なくともよい」。

例 文

あなたは何も心配しなくともよい。

你可以儘管放一百二十個心!

比較

● てもいい

…也行、可以…

接續方法 {動詞て形}＋もいい

意 思

【許可】 表示許可或允許某一行為。如果說的是聽話人的行為,表示允許聽話人某一行為。

例文 a

宿題が済んだら、遊んでもいいよ。

如果作業寫完了,要玩也可以喔。

◆ 比較說明 ◆

「なくてもいい」表示允許不必做某一行為;「てもいい」表示許可或允許某一行為。

なくてもいい【許可】 例文A

てもいい【許可】 例文a

3 てもかまわない
即使…也沒關係、…也行

接續方法 {[動詞・形容詞] て形} ＋もかまわない；{形容動詞詞幹；名詞} ＋でもかまわない

意思1

【讓步】 表示讓步關係。雖然不是最好的，或不是最滿意的，但妥協一下，這樣也可以。比「てもいい」更客氣一些。中文意思是：「即使…也沒關係、…也行」。

例文A

ホテルの場所は駅から遠くても、安ければかまわない。

即使旅館位置離車站很遠，只要便宜就無所謂。

比較

● てはいけない
不准…、不許…、不要…

接續方法 {動詞て形} ＋はいけない

意 思

【禁止】 表示禁止，基於某種理由、規則，直接跟聽話人表示不能做前項事情，由於說法直接，所以一般限於用在上司對部下、長輩對晚輩。

例文 a

ベルが鳴るまで、テストを始めてはいけません。

在鈴聲響起前不能動筆作答。

◆ **比較說明** ◆

「てもかまわない」表示讓步，表示即使是前項，也沒有關係；「てはいけない」表示禁止，也就是告訴對方不能做危險或會帶來傷害的事情。

🎧 **Track 024**

4 なくてもかまわない
不…也行、用不著…也沒關係

接續方法 {動詞否定形（去い）} ＋くてもかまわない

意思1

【許可】 表示沒有必要做前面的動作，不做也沒關係，是「なくてもいい」的客氣說法。中文意思是：「不…也行、用不著…也沒關係」。

例文A

話したくなければ、話さなくてもかまいません。

如果不願意講出來，不告訴我也沒關係。

補 充

〖＝大丈夫等〗「かまわない」也可以換成「大丈夫（沒關係）、問題ない（沒問題）」等表示「沒關係」的表現。

出席するなら、返事はしなくても問題ない。

しゅっせき　　　　　　　　へんじ　　　　　　　　　　　　　　　もんだい

假如會參加，不回覆也沒問題。

比較

● ないことも (は) ない

並不是不…、不是不…

接續方法 {動詞否定形}＋ないことも (は) ない

意 思

【消極肯定】使用雙重否定，表示雖然不是全面肯定，但也有那樣的可能性，是種有所保留的消極肯定説法，相當於「することはする」。

例文 a

ちょっと急がないといけないが、あと1時間でできないことはない。

いそ　　　　　　　　　　　　　　　　　　　じかん

假如非得稍微趕一下，倒也不是不能在一個小時之內做出來。

◆ 比較説明 ◆

「なくてもかまわない」表示許可，表示不那樣做也沒關係；「ないこともない」表示消極肯定，表示也有某種的可能性，是用雙重否定來表現消極肯定的説法。

なくてもかまわない【許可】

例文 A

ないこともない【消極肯定】

例文 a

あと1時間

5 てはいけない
(1) 不可以…、請勿…；(2) 不准…、不許…、不要…

接續方法 {動詞て形}＋はいけない

意思1

【申明禁止】 是申明禁止、規制等的表現。常用在交通標誌、禁止標誌或衣服上洗滌表示等。中文意思是：「不可以…、請勿…」。

例文A

このアパートでは、ペットを飼_かってはいけません。

這棟公寓不准居住者飼養寵物。

意思2

【禁止】 表示禁止，基於某種理由、規則，直接跟聽話人表示不能做前項事情，由於說法直接，所以一般限於用在上司對部下、長輩對晚輩。中文意思是：「不准…、不許…、不要…」。

例文B

テスト中_{ちゅう}は、ノートを見_みてはいけません。

作答的時候不可以偷看筆記本。

比較

● てはならない
不能…、不要…、不許、不應該

接續方法 {動詞て形}＋はならない

意思

【禁止】 為禁止用法。表示有義務或責任，不可以去做某件事情。敬體用「てはならないです」、「てはなりません」。

例文b

昔話_{むかしばなし}では、「見_みてはならない」と言_いわれたら必_{かなら}ず見_みることになっている。

在老故事裡，只要被叮囑「絕對不准看」，就一定會忍不住偷看。

兩者都表示禁止。「てはならない」表示有義務或責任，不可以去做某件事情；「てはならない」比「てはいけない」的義務或責任的語感都強，有更高的強制力及拘束力。常用在法律文上。

てはいけない【禁止】

例文B

てはならない【禁止】

例文b

🎧 **Track 026**

6 な
不准…、不要…

接續方法 {動詞辭書形}＋な

意思1

【禁止】 表示禁止。命令對方不要做某事、禁止對方做某事的説法。由於説法比較粗魯，所以大都是直接面對當事人説。一般用在對孩子、兄弟姊妹或親友時。也用在遇到緊急狀況或吵架的時候。中文意思是：「不准…、不要…」。

例文A

ここで煙草を吸うな。

不准在這裡抽菸！

比較

● な (あ)

接續方法 {[名・形容動詞詞幹] だ；[形容詞・動詞] 普通形；助動詞た}＋な (あ)

【感嘆】 表示感嘆，用在表達説話人內心的感嘆、驚訝及感動等心情。可以用在自言自語時，也可以用在人前。

例文 a

いいな、<ruby>僕<rt>ぼく</rt></ruby>もテレビに<ruby>出<rt>で</rt></ruby>たかったなあ。

真好啊，我也好想上電視啊！

◆ 比較說明 ◆

「な」前接動詞時，有表示禁止或感嘆（強調情感）這兩個用法，也用「なあ」的形式。因為接續一樣，所以要從句子的情境、文脈及語調來判斷。用在表示感嘆時，也可以接動詞以外的詞。

な【禁止】 例文A

な（あ）【感嘆】 例文 a
いいな

7 なければならない
必須…、應該…

接續方法 {動詞否定形}＋なければならない

意思1

【義務】 表示無論是自己或對方，從社會常識或事情的性質來看，不那樣做就不合理，有義務要那樣做。中文意思是：「必須…、應該…」。

例文A

<ruby>学生<rt>がくせい</rt></ruby>は<ruby>学校<rt>がっこう</rt></ruby>のルールを<ruby>守<rt>まも</rt></ruby>らなければならない。

學生必須遵守校規。

〖疑問－なければなりませんか〗表示疑問時，可使用「なければなりませんか」。

例 文

日本はチップを払わなければなりませんか。

請問在日本是否一定要支付小費呢？

補充2

〖口語－なきゃ〗「なければ」的口語縮約形為「なきゃ」。有時只說「なきゃ」，並將後面省略掉。

例 文

危ない。信号は守らなきゃだめですよ。

危險！要看清楚紅綠燈再過馬路喔！

比較

● べき (だ)

　必須…、應當…

接續方法 {動詞辭書形}＋べき (だ)

意 思

【勧告】表示義務表示那樣做是應該的、正確的。常用在勧告、禁止及命令的場合。是一種比較客觀或原則的判斷，書面跟口語雙方都可以用，相當於「～するのが当然だ」。

例文 a

約束は守るべきだ。

應該遵守承諾。

◆ 比較說明 ◆

「なければならない」表示義務，是指基於規則或當時的情況，而必須那樣做；「べき (だ)」表示勧告，這時是指身為人應該遵守的原則，常用在勧告或命令對方有義務那樣做的時候。

なければならない【義務】 例文A

ルール

べき（だ）【勧告】 例文a

8 なくてはいけない
必須…、不…不可

接續方法 {動詞否定形（去い）}＋くてはいけない

意思1

【義務】 表示義務和責任，多用在個別的事情，或對某個人，口氣比較強硬，所以一般用在上對下，或同輩之間，口語常説「なくては」或「なくちゃ」。中文意思是：「必須…、不…不可」。

例文A

しゅくだい　　かなら
宿題は必ずしなくてはいけません。

一定要寫功課才可以。

補充1

〔**普遍想法**〕 表示社會上一般人普遍的想法。

例文

くら　みち　　　　　き
暗い道では、気をつけなくてはいけないよ。

走在暗路時，一定要小心才行喔！

補充2

〔**決心**〕 表達説話者自己的決心。

今日中にこの仕事を終わらせなくてはいけない。

今天以內一定要完成這份工作。

比較

● ないわけにはいかない

不能不…、必須…

接續方法 {動詞否定形}＋ないわけにはいかない

意　思

【義務】 表示根據社會的理念、情理、一般常識或自己過去的經驗，不能不做某事，有做某事的義務。

例文 a

放っておくと命にかかわるから、手術をしないわけにはいかない。

置之不理會有生命危險，所以非得動手術不可。

◆ 比較說明 ◆

「なくてはいけない」表示義務，用在上對下或說話人的決心，表示必須那樣做，說話人不一定有不情願的心情；「ないわけにはいかない」也表義務，是根據社會情理或過去經驗，表示雖然不情願，但必須那樣做。

なくてはいけない【義務】　例文 A

ないわけにはいかない【義務】　例文 a

9 なくてはならない
必須…、不得不…

接續方法 {動詞否定形（去い）}＋くてはならない

意思1

【義務】 表示根據社會常理來看、受某種規範影響，或是有某種義務，必須去做某件事情。中文意思是：「必須…、不得不…」。

例文A

かいぎ しりょう いちどか なお
会議の資料をもう一度書き直さなくてはならない。

不得不重寫一遍會議資料。

補 充

〖口語－なくちゃ〗「なくては」的口語縮約形為「なくちゃ」，有時只說「なくちゃ」，並將後面省略掉（此時難以明確指出省略的是「いけない」還是「ならない」，但意思大致相同）。

例 文

しごと お きょう ざんぎょう
仕事が終わらない。今日は残業しなくちゃ。

工作做不完，今天只好加班了。

比較

● なくてもいい
不…也行、用不著…也可以

接續方法 {動詞否定形（去い）}＋くてもいい

意 思

【許可】 表示允許不必做某一行為，也就是沒有必要，或沒有義務做前面的動作。

例文a

あたた だんぼう
暖かいから、暖房をつけなくてもいいです。

很溫暖，所以不開暖氣也無所謂。

「なくてはならない」表示義務，是根據社會常理或規範，不得不那樣做；「なくてもいい」表示許可，表示不那樣做也可以，不是這樣的情況也行，跟「なくても大丈夫だ」意思一樣。

なくてはならない【義務】

例文 A

なくてもいい【許可】

例文 a

🎧 Track 030

10 命令形
給我⋯、不要⋯

接續方法 （句子）＋ {動詞命令形} ＋ （句子）

意思 1

【命令】 表示語氣強烈的命令。一般用在命令對方的時候，由於給人有粗魯的感覺，所以大都是直接面對當事人説。一般用在對孩子、兄弟姊妹或親友時。中文意思是：「給我⋯、不要⋯」。

例文 A

汚いな。早く掃除しろ。

髒死了，快點打掃！

補充

〔教育宣導等〕 也用在遇到緊急狀況、吵架、運動比賽或交通號誌等的時候。

例文

火事だ、早く逃げろ。

失火啦，快逃啊！

● なさい
要…、請…

接續方法 {動詞ます形}＋なさい

意　思

【命令】 表示命令或指示。一般用在上級對下級，父母對小孩，老師對學生的情況。比起命令形，此句型稍微含有禮貌性，語氣也較緩和。由於這是用在擁有權力或支配能力的人，對下面的人說話的情況，使用的場合是有限的。

例文 a

生徒たちを、教室に集めなさい。
せいと　　　きょうしつ　あつ

叫學生到教室集合。

◆ 比較說明 ◆

「命令形」是帶有粗魯的語氣命令對方；「なさい」是語氣較緩和的命令，前面要接動詞ます形。

🎧 Track 031

11 なさい
要…、請…

接續方法 {動詞ます形}＋なさい

【命令】 表示命令或指示。一般用在上級對下級，父母對小孩，老師對學生的情況。比起命令形，此句型稍微含有禮貌性，語氣也較緩和。由於這是用在擁有權力或支配能力的人，對下面的人說話的情況，使用的場合是有限的。中文意思是：「要…、請…」。

例文A

漢字の正しい読み方を書きなさい。

請寫下漢字的正確發音。

比較

● てください
請…

接續方法 {動詞て形}＋ください

意 思

【請求】 表示請求、指示或命令某人做某事。一般常用在老師對學生、上司對部屬、醫生對病人等指示、命令的時候。

例文 a

本屋で雑誌を買ってきてください。

請到書店買一本雜誌回來。

◆ 比較說明 ◆

「なさい」表示命令、指示或勸誘，用在老師對學生、父母對孩子等關係之中；「てください」表示命令、請求、指示他人為說話人做某事。

3 実力テスト 做對了，往 😊 走，做錯了往 ✗ 走。

次の文の_____にはどんな言葉を入れたらよいか。1・2から最も適当なものをひとつ選びなさい。

實力測驗
Q 哪一個是正確的？

1 私のスカート、貸して（　　）。
1. あげてもいいよ
2. あげるといいよ

譯 1. あげてもいいよ：可以…給妳喔
2. あげるといいよ：最好給他（她）喔

2 安ければ、アパートにおふろが（　）。
1. なくてもかまいません
2. なくてはいけません

譯 1. なくてもかまいません：即使沒有…也沒關係
2. なくてはいけません：不准…

3 こっちへ来る（　　）。
1. てはいけない　2. な（禁止）

譯 1. てはいけない：不准…
2. な（禁止）：不准…

4 勉強もスポーツも、君はなんでもよくできる（　　）。
1. な（禁止）　2. な（詠嘆）

譯 1. な（禁止）：不准…
2. な（感嘆）：…啊

5 《交通標識》スピード（　　）。
1. 落とせ　　2. 落としなさい

譯 1. 落とせ：請減
2. 落としなさい：請減

6 明日は6時に（　　）。
1. 起きなければならない
2. 起きるべきだ

譯 1. 起きなければならない：必須起床
2. 起きるべきだ：應該起床

7 この映画を見るには、18歳以上で（　）。
1. なくてはいけない
2. ないわけにはいかない

譯 1. なくてはいけない：必須…
2. ないわけにはいかない：不能不…

8 赤信号では、止まら（　　）。
1. なくてはならない
2. なくてもいい

譯 1. なくてはならない：必須…
2. なくてもいい：不…也行

答案：（1）1（2）1（3）2
（4）2（5）1（6）1
（7）1（8）1

Chapter 4
★★★★★

意志と希望

1 てみる
2 （よ）うとおもう
3 （よ）う
4 （よ）うとする
5 にする
6 ことにする

7 つもりだ
8 てほしい
9 がる（がらない）
10 たがる（たがらない）
11 といい

🎧 Track 032

1 てみる
試著（做）…

接續方法 {動詞て形}＋みる

意思1

【嘗試】「みる」是由「見る」延伸而來的抽象用法，常用平假名書寫。表示雖然不知道結果如何，但嘗試著做前接的事項，是一種試探性的行為或動作，一般是肯定的說法。中文意思是：「試著（做）…」。

例文A

問題の答えを考えてみましょう。

讓我們一起來想一想這道題目的答案。

補充

〖かどうか〜てみる〗常跟「か、かどうか」一起使用。

比較

● **てみせる**
做給…看

接續方法 {動詞て形}＋みせる

意思

【示範】表示為了讓別人能瞭解，做出實際的動作給別人看。

例文 a

子供に挨拶の仕方を教えるには、まず親がやってみせたほうがいい。

關於教導孩子向人請安問候的方式，最好先由父母親自示範給他們看。

◆ 比較說明 ◆

「てみる」表示嘗試去做某事；「てみせる」表示做某事給某人看。

てみる【嘗試】　例文 A

てみせる【示範】　例文 a

2 （よ）うとおもう
我打算…；我要…；我不打算…

接續方法 {動詞意向形} ＋（よ）うとおもう

意思1

【意志】 表示説話人告訴聽話人，説話當時自己的想法、未來的打算或意圖，比起不管實現可能性是高或低都可使用的「たいとおもう」，「（よ）うとおもう」更具有採取某種行動的意志，且動作實現的可能性很高。中文意思是：「我打算…」。

例文 A

夏休みは、アメリカへ行こうと思います。

我打算暑假去美國。

補充1

〖某一段時間〗用「（よ）うとおもっている」，表示説話人在某一段時間持有的打算。中文意思是：「我要…」。

いつか留学しようと思っています。

我一直在計畫出國讀書。

〔強烈否定〕「（よ）うとはおもわない」表示強烈否定。中文意思是：「我不打算⋯」。

今日は台風なので、買い物に行こうとは思いません。

今天颱風來襲，因此沒打算出門買東西。

比較

● （よ）うとする

想⋯、打算⋯

接續方法 {動詞意向形}＋（よ）うとする

意 思

【意志】表示動作主體的意志、意圖。主語不受人稱的限制。表示努力地去實行某動作。

例文 a

そのことを忘れようとしましたが、忘れられません。

我想把那件事給忘了，但卻無法忘記。

◆ 比較說明 ◆

「（よ）うとおもう」表示意志，表示説話人打算那樣做；「（よ）うとする」也表意志，表示某人正打算要那樣做。

🎧 Track 034

3 （よ）う
(1)（一起）…吧；(2)…吧

接續方法 ｛動詞意向形｝＋（よ）う

意思1

【提議】 用來提議、邀請別人一起做某件事情。「ましょう」是較有禮貌的説法。中文意思是：「（一起）…吧」。

例文A

もう遅いから、帰ろうよ。

已經很晚了，該回去了啦。

意思2

【意志】 表示説話者的個人意志行為，準備做某件事情。中文意思是：「…吧」。

例文B

金曜日だから、飲みにいこうか。

今天是星期五，我們去喝個痛快吧！

比較

● つもりだ

打算…、準備…

接續方法 ｛動詞辭書形｝＋つもりだ

【意志】 表示説話人的意志、預定、計畫等，也可以表示第三人稱的意志。有説話人的打算是從之前就有，且意志堅定的語氣。

例文 b

しばらく会社を休むつもりだ。

打算暫時向公司請假。

◆ 比較説明 ◆

「（よ）う」表示意志，表示説話人要做某事，也可用在邀請別人一起做某事；「つもりだ」也表意志，表示某人打算做某事的計畫。主語除了説話人以外，也可用在第三人稱。注意，如果是馬上要做的計畫，不能使用「つもりだ」。

（よ）う【意志】　例文 B

つもりだ【意志】　例文 b

🎧 Track 035

4 （よ）うとする
(1) 才…；(2) 想…、打算…；不想…、不打算…

接續方法 {動詞意向形} ＋（よ）うとする

意思 1

【將要】 表示某動作還在嘗試但還沒達成的狀態，或某動作實現之前，而動作或狀態馬上就要開始。中文意思是：「才…」。

例文 A

シャワーを浴びようとしたら、電話が鳴った。

正準備沖澡的時候，電話響了。

【意志】 表示動作主體的意志、意圖。主語不受人稱的限制。表示努力地去實行某動作。中文意思是：「想…、打算…」。

例文Ｂ

彼^{かれ}はダイエットをしようとしている。

他正想減重。

補　充

〖否定形〗 否定形「（よ）うとしない」是「不想…、不打算…」的意思，不能用在第一人稱上。

例　文

子供^{こども}が私^{わたし}の話^{はなし}を聞^きこうとしない。

小孩不聽我的話。

比較

● てみる

試著（做）…

接續方法 ｛動詞て形｝＋みる

意　思

【嘗試】「みる」是由「見る」延伸而來的抽象用法，常用平假名書寫。表示嘗試著做前接的事項，是一種試探性的行為或動作，一般是肯定的說法。

例文ｂ

仕事^{しごと}で困^{こま}ったことが起^おこり、高崎^{たかさき}さんに相談^{そうだん}してみた。

工作上發生了麻煩事，找了高崎女士商量。

◆ 比較說明 ◆

「ようとする」表示意志，前接意志動詞，表示現在就要做某動作的狀態，或想做某動作但還沒有實現的狀態；「てみる」表示嘗試，前接動詞て形，表示嘗試做某事。

（よ）うとする【意志】 例文B

てみる【嘗試】 例文b

5 にする
(1) 我要…、我叫…；(2) 決定…

接續方法 {名詞；副助詞}＋にする

意思1

【決定】 常用於購物或點餐時，決定買某樣商品。中文意思是：「我要…、我叫…」。

例文A

この赤いシャツにします。

我要這件紅襯衫。

意思2

【選擇】 表示抉擇，決定、選定某事物。中文意思是：「決定…」。

例文B

今日は料理をする時間がないので、外食にしよう。

今天沒時間做飯，我們在外面吃吧。

比較

● がする

感到…、覺得…、有…味道

接續方法 {名詞}＋がする

【樣態】前面接「かおり（香味）、におい（氣味）、味（味道）、音（聲音）、感じ（感覺）、気（感覺）、吐き気（噁心感）」等表示氣味、味道、聲音、感覺等名詞，表示説話人通過感官感受到的感覺或知覺。

例文 b

今朝から頭痛がします。

今天早上頭就開始痛。

◆ 比較説明 ◆

「にする」表示選擇，表示決定選擇某事物，常用在點餐等時候；「がする」表示樣態，表示感覺器官所受到的感覺。

にする【選擇】　　　　例文 B

外食

がする【樣態】　　　　例文 b

🎧 Track 037

6 ことにする
(1) 習慣…；(2) 決定…；已決定…

接續方法 {動詞辭書形；動詞否定形} ＋ことにする

意思 1

【習慣】用「ことにしている」的形式，則表示因某決定，而養成了習慣或形成了規矩。中文意思是：「習慣…」。

例文 A

毎日、日記を書くことにしています。

現在天天都寫日記。

【決定】 表示説話人以自己的意志，主觀地對將來的行為做出某種決定、決心。中文意思是：「決定…」。

先生_{せんせい}に言_いうと怒_{おこ}られるので、だまっていることにしよう。

要是報告老師准會挨罵，還是閉上嘴巴別講吧。

〖**已經決定**〗 用過去式「ことにした」表示決定已經形成，大都用在跟對方報告自己決定的事。中文意思是：「已決定…」。

冬休_{ふゆやす}みは北海道_{ほっかいどう}に行_いくことにした。

寒假去了北海道。

● ことになる

（被）決定…

接續方法 {動詞辭書形；動詞否定形}＋ことになる

【決定】 表示決定。指説話人以外的人、團體或組織等，客觀地做出了某些安排或決定。

来月_{らいげつ}新竹_{シンチク}に出張_{しゅっちょう}することになった。

下個月要去新竹出差。

◆ 比較說明 ◆

「ことにする」表示決定，用在説話人以自己的意志，決定要那樣做；「ことになる」也表決定，用在説話人以外的人或團體，所做出的決定，或是婉轉表達自己的決定。

ことにする【決定】	ことになる【決定】
 例文B	 新竹に出張 例文b

7 つもりだ

打算…、準備…；不打算…；並非有意要…

接續方法 {動詞辭書形}＋つもりだ

意思1

【意志】 表示說話人的意志、預定、計畫等，也可以表示第三人稱的意志。有說話人的打算是從之前就有，且意志堅定的語氣。中文意思是：「打算…、準備…」。

例文A

煙草が高くなったから、もう吸わないつもりです。

香菸價格變貴了，所以打算戒菸了。

補充1

〔否定形〕「ないつもりだ」為否定形。中文意思是：「不打算…」。

例 文

結婚したら、両親とは住まないつもりだ。

結婚以後，我並不打算和父母住在一起。

補充2

〔強烈否定形〕「つもりはない」表「不打算…」之意，否定意味比「ないつもりだ」還要強。

明日台風がきても、会社を休むつもりはない。
あした たいふう かいしゃ やす

如果明天有颱風，不打算不上班。

〖並非有意〗「つもりではない」表示「そんな気はなかったが…（並非有意要…）」之意。中文意思是：「並非有意要…」。

はじめは、代表になるつもりではなかったのに…。
だいひょう

其實起初我壓根沒想過要擔任代表……。

● （よ）うとおもう

我打算…

接續方法 {動詞意向形}＋（よ）うとおもう

【意志】表示説話人告訴聽話人，説話當時自己的想法、打算或意圖，比起不管實現可能性是高或低都可使用的「たいとおもう」，「（よ）うとおもう」更具有採取某種行動的意志，且動作實現的可能性很高。

今度は彼氏と来ようと思う。
こんど かれし こ おも

下回想和男友一起來。

「つもり」表示堅決的意志，也就是已經有準備實現的意志；「ようとおもう」前接動詞意向形，表示暫時性的意志，也就是只有打算，也有可能撤銷、改變的意志。

つもりだ【意志】

例文 A

（よ）うとおもう【意志】

例文 a

🎧 **Track 039**

8 てほしい
希望…、想…；希望不要…

意思 1

【希望－動作】｛動詞て形｝＋ほしい。表示説話者希望對方能做某件事情，或是提出要求。中文意思是：「希望…、想…」。

例文 A

きゅうりょう あ
給料を上げてほしい。

真希望能調高薪資。

補 充

〖**否定－ないでほしい**〗｛動詞否定形｝＋でほしい。表示否定，為「希望（對方）不要…」。

例 文

わたし かな
私がいなくなっても、悲しまないでほしいです。

就算我離開了，也希望大家不要傷心。

比較

● がほしい
…想要…

接續方法 ｛名詞｝＋が＋ほしい

【希望－物品】表示説話人（第一人稱）想要把什麼東西弄到手，想要把什麼東西變成自己的，希望得到某物的句型。「ほしい」是表示感情的形容詞。希望得到的東西，用「が」來表示。疑問句時表示聽話者的希望。

例文 a

私は自分の部屋がほしいです。

我想要有自己的房間。

◆ 比較說明 ◆

「てほしい」用在希望對方能夠那樣做；「がほしい」用在説話人希望得到某個東西。

てほしい【希望－動作】

例文 A

がほしい【希望－物品】

例文 a

🎧 Track 040

9 がる（がらない）
覺得…（不覺得…）、想要…（不想要…）

接續方法 {[形容詞・形容動詞]詞幹}＋がる、がらない

意思 1

【感覺】表示某人説了什麼話或做了什麼動作，而給説話人留下這種想法，有這種感覺，想這樣做的印象，「がる」的主體一般是第三人稱。中文意思是：「覺得…（不覺得…）、想要…（不想要…）」。

恥^はずかしがらなくていいですよ。大^{おお}きな声^{こえ}で話^{はな}して
ください。

沒關係，不需要害羞，請提高音量講話。

補充1

〚を＋ほしい〛 當動詞為「ほしい」時，搭配的助詞為「を」，
而非「が」。

例　文

彼女^{かのじょ}はあのお店^{みせ}のかばんを、いつもほしがっている。

她一直很想擁有那家店製作的包款。

補充2

〚**現在狀態**〛 表示現在的狀態用「ている」形，也就是「がって
いる」。

例　文

両親^{りょうしん}が忙^{いそが}しいので、子供^{こども}は寂^{さび}しがっている。

爸媽都相當忙碌，使得孩子總是孤伶伶的。

比較

● **たがる**

想…（不想…）

接續方法 {動詞ます形}＋たがる

意　思

【希望】 是「たい的詞幹」＋「がる」來的。用在表示第三人稱，
顯露在外表的願望或希望，也就是從外觀就可看對方的意願。

例文a

娘^{むすめ}は、まだ小^{ちい}さいのに台所^{だいどころ}の仕事^{しごと}を手伝^{てつだ}いたがります。

女兒還很小，卻很想幫忙廚房的工作。

◆ 比較說明 ◆

「がる」表示感覺，用於第三人稱的感覺、情緒等；「たがる」表示希望，用於第三人稱想要達成某個願望。

がる【感覺】 例文A

たがる【希望】 例文a

🎧 Track 041

10 たがる（たがらない）
想…（不想…）

接續方法 {動詞ます形}＋たがる（たがらない）

意思 1

【希望】 是「たい的詞幹」＋「がる」來的。用在表示第三人稱，顯露在外表的願望或希望，也就是從外觀就可看對方的意願。中文意思是：「想…（不想…）」。

例文 A

子供がいつも私のパソコンに触りたがる。

小孩總是喜歡摸我的電腦。

補充 1

〖否定−たがらない〗 以「たがらない」形式，表示否定。

例 文

最近、若い人たちはあまり結婚したがらない。

近來，許多年輕人沒什麼意願結婚。

〖**現在狀態**〗 表示現在的狀態用「ている」形，也就是「たがっている」。

例　文

入院中の父はおいしいお酒を飲みたがっている。

正在住院的父親直嚷著想喝酒。

比較

● **たい**

想要…

接續方法 {動詞ます形}＋たい

意　思

【**希望－行為**】 表示說話人（第一人稱）內心希望某一行為能實現，或是強烈的願望。

例文 a

私は医者になりたいです。

我想當醫生。

◆ 比較說明 ◆

「たがる」表示希望，用在第三人稱想要達成某個願望；「たい」也表希望，則是第一人稱內心希望某一行為能實現，或是強烈的願望。

11 といい
要是…該多好；要是…就好了

接續方法 {名詞だ；[形容詞・形容動詞・動詞] 辭書形}＋といい

意思1

【願望】 表示説話人希望成為那樣之意。句尾出現「けど、のに、が」時，含有這願望或許難以實現等不安的心情。中文意思是：「要是…該多好」。

例文A

でんしゃ、もう少し空いているといいんだけど。

要是搭電車的人沒那麼多該有多好。

補充

〖近似たらいい等〗 意思近似於「たらいい（要是…就好了）、ばいい（要是…就好了）」。中文意思是：「要是…就好了」。

例文

しゅうまつ は
週末は晴れるといいですね。

希望週末是個大晴天，那就好囉。

比較

● がいい
最好…

接續方法 {動詞辭書形}＋がいい

意思

【願望】 表示説話人希望不好的事情或壞事發生，用在咒罵對方，希望對方身上發生災難的時候。

例文a

あくにん じごく お
悪人はみな、地獄に落ちるがいい。

壞人最好都下地獄。

「といい」表示希望成為那樣的願望;「がいい」表示希望壞事發生的心情。

といい【願望】	がいい【願望】
例文 A	例文 a

MEMO

_____

_____

_____

_____

_____

_____

_____

_____

_____

_____

_____

_____

4 実力テスト 做對了，往😊走，做錯了往❌走。

次の文の＿＿＿＿＿にはどんな言葉を入れたらよいか。1・2から最も適当なものをひとつ選びなさい。

實力測驗
Q 哪一個是正確的？

1 次のテストでは 100 点を取っ（　　）。
　1．てみる　　　2．てみせる

譯　1．てみる：試著做…
　　2．てみせる：做給…看

2 夏が来る前に、ダイエットしよ
うと（　　）。
　1．思う　　　　2．する

譯　1．思う：想
　　2．する：做

3 疲れたから、少し（　　）。
　1．休もう　　　2．休むつもりだ

譯　1．休もう：休息吧
　　2．休むつもりだ：打算休息

4 これは豆で作ったものですが、
肉の味（　　）。
　1．にします　　2．がします

譯　1．にします：決定…
　　2．がします：有…味道

5 健康のために、明日から酒はや
めることに（　　）。
　1．した　　　　2．なった

譯　1．した：使成為
　　2．なった：成為

6 明日の朝6時に起こし（　　）。
　1．てほしいです
　2．がほしいです

譯　1．てほしいです：想要拜託…
　　2．がほしいです：想要…

7 妹が、机の角に頭をぶつけて
（　　）います。
　1．痛がって　　2．痛たがって

譯　1．痛がって：痛
　　2．痛たがって：X

答案：(1) 2 (2) 1 (3) 1
　　　(4) 2 (5) 1 (6) 1
　　　(7) 1

Chapter

5

★★★★★

判斷と推量

1 はずだ
2 はずが（は）ない
3 そう
4 ようだ
5 らしい
6 がする
7 かどうか
8 だろう
9 （だろう）とおもう
10 とおもう
11 かもしれない

🎧 **Track 043**

1 はずだ
(1) 怪不得…；(2)（按理說）應該…

接續方法 {名詞の；形容動詞詞幹な；[形容詞・動詞]普通形}＋はずだ

意思1

【理解】表示説話人對原本不可理解的事物，在得知其充分的理由後，而感到信服。中文意思是：「怪不得…」。

例文A

寒いはずだ。雪が降っている。

難怪這麼冷，原來外面正在下雪。

意思2

【推斷】表示説話人根據事實、理論或自己擁有的知識來推測出結果，是主觀色彩強，較有把握的推斷。中文意思是：「（按理説）應該…」。

例文B

毎日5時間も勉強しているから、次は合格できるはずだ。

既然每天都足足用功五個鐘頭，下次應該能夠考上。

比較

● **はずが（は）ない**

不可能…、不會…、沒有…的道理

接續方法 {名詞の；形容動詞詞幹な；[形容詞・動詞]普通形}＋はずが（は）ない

【推斷】 表示説話人根據事實、理論或自己擁有的知識，來推論某一事物不可能實現。是主觀色彩強，較有把握的推斷。

例文b

そんなところに行って安全なはずがなかった。

去那種地方絕不可能安全的！

◆ 比較說明 ◆

「はずだ」表示推斷，是説話人根據事實或理論，做出有把握的推斷；「はずが（は）ない」也表推斷，是説話人推斷某事不可能發生。

2 はずが（は）ない

不可能…、不會…、沒有…的道理

接續方法 {名詞の；形容動詞詞幹な；[形容詞・動詞]普通形}＋はずが（は）ない

意思1

【推斷】 表示説話人根據事實、理論或自己擁有的知識，來推論某一事物不可能實現。是主觀色彩強，較有把握的推斷。中文意思是：「不可能…、不會…、沒有…的道理」。

例文A

漢字を1日100個も、覚えられるはずがない

怎麼可能每天背下一百個漢字呢！

〖口語－はずない〗用「はずない」，是較口語的用法。

例　文

ここから<ruby>学校<rt>がっこう</rt></ruby>まで<ruby>急<rt>いそ</rt></ruby>いでも 10 <ruby>分<rt>ぶん</rt></ruby>で<ruby>着<rt>つ</rt></ruby>くはずない。

從這裡到學校就算拚命衝，也不可能在十分鐘之內趕到。

比較

● にちがいない

一定是⋯、准是⋯

接續方法 {名詞；形容動詞詞幹；[形容詞・動詞] 普通形} ＋
　　　　にちがいない

意　思

【肯定推測】表示説話人根據經驗或直覺，做出非常肯定的判斷，
相當於「きっと～だ」。

例文 a

<ruby>彼女<rt>かのじょ</rt></ruby>はかわいくてやさしいから、もてるに<ruby>違<rt>ちが</rt></ruby>いない。

她既可愛又溫柔，想必一定很受大家的喜愛。

◆ 比較說明 ◆

「にちがいない」表示推斷，表示説話人根據經驗或直覺，做出非
常肯定的判斷某事會發生；「はずがない」表示肯定推測，説話人
推斷某事不可能發生。

はずがない【推斷】	にちがいない【肯定推測】

3 そう
好像…、似乎…

接續方法 {[形容詞・形容動詞] 詞幹；動詞ます形}＋そう

意思1

【樣態】 表示說話人根據親身的見聞，如周遭的狀況或事物的外觀，而下的一種判斷。中文意思是：「好像…、似乎…」。

例文A

このケーキ、おいしそう。

這塊蛋糕看起來好好吃。

補充1

〖よいーよさそう〗 形容詞「よい」、「ない」接「そう」，會變成「よさそう」、「なさそう」。

例 文

「ここにあるかな。」「なさそうだね。」

「那東西會在這裡嗎？」「好像沒有喔。」

補充2

〖女性ーそうね〗 會話中，當說話人為女性時，有時會用「そうね」。

例 文

眠そうね。昨日何時に寝たの。

你看起來快睡著了耶。昨天幾點睡的？

比較

● そうだ

聽說…、據說…

接續方法 {[名詞・形容詞・形動容詞・動詞] 普通形}＋そうだ

【傳聞】 表示傳聞。表示不是自己直接獲得的，而是從別人那裡、報章雜誌或信上等處得到該信息。

例文 a

新聞によると、今度の台風はとても大きいそうだ。

報上說這次的颱風會很強大。

◆ 比較說明 ◆

「そう」表示樣態，前接動詞ます形或形容詞・形容動詞詞幹，用在根據親身的見聞，意思是「好像」；「そうだ」表示傳聞，前接用言終止形或「名詞＋だ」，用在説話人表示自己聽到的或讀到的信息時，意思是「聽説」。

そう【樣態】　例文 A

そうだ【傳聞】　例文 a

🎧 Track 046

4 ようだ

(1) 像…一樣的、如…似的；(2) 好像…

意思 1

【比喻】 ｛名詞の；動詞辭書形；動詞た形｝＋ようだ。把事物的狀態、形狀、性質及動作狀態，比喻成一個不同的其他事物。中文意思是：「像…一樣的、如…似的」。

例文 A

彼はまるで子供のように遊んでいる。

瞧瞧他玩得像個孩子似的。

【推斷】{名詞の；形容動詞詞幹な；[形容詞・動詞]普通形}＋ようだ。用在説話人從各種情況，來推測人或事物是後項的情況，通常是説話人主觀、根據不足的推測。中文意思是：「好像…」。

例文B

野田(のだ)さんは、お酒(さけ)が好きなようだった。

聽說野田先生以前很喜歡喝酒。

補 充

〖活用同形容動詞〗「ようだ」的活用跟形容動詞一樣。

比較

● みたい(だ)、みたいな

好像…

接續方法 {名詞；形容動詞詞幹；[動詞・形容詞]普通形}＋みたい(だ)、みたいな

意 思

【推斷】 表示不是很確定的推測或判斷。

例文b

何(なん)だかだるいな。風邪(かぜ)をひいたみたいだ。

怎麼覺得全身倦怠，好像感冒了。

◆ 比較說明 ◆

「ようだ」跟「みたいだ」意思都是「好像」，都是不確定的推測，但「ようだ」前接名詞時，用「Ｎ＋の＋ようだ」；「みたいだ」大多用在口語，前接名詞時，用「Ｎ＋みたいだ」。

ようだ【推斷】 例文B

みたい（だ）【推斷】 例文b

🎧 Track 047

5 らしい

(1) 像…樣子、有…風度；(2) 好像…、似乎…；(3) 說是…、好像…

接續方法 {名詞；形容動詞詞幹；[形容詞・動詞] 普通形}＋らしい

意思1

【樣子】 表示充分反應出該事物的特徵或性質。中文意思是：「像…樣子、有…風度」。

例文A

日本らしいお土産を買って帰ります。
に ほん　　　　　　　　　み やげ　か　　　　　かえ

我會買些具有日本傳統風格的伴手禮帶回去。

意思2

【據所見推測】 表示從眼前可觀察的事物等狀況，來進行想像性的客觀推測。中文意思是：「好像…、似乎…」。

例文B

人身事故があった。電車が遅れるらしい。
じんしん じ こ　　　　　　　　でんしゃ　おく

電車行駛時發生了死傷事故，恐怕會延遲抵達。

意思3

【據傳聞推測】 表示從外部來的，是說話人自己聽到的內容為根據，來進行客觀推測。含有推測、責任不在自己的語氣。中文意思是：「說是…、好像…」。

天気予報によると、明日は大雨らしい。

氣象預報指出，明日將有大雨發生。

● ようだ

好像…

接續方法 {名詞の；形容動詞詞幹な；[形容詞・動詞] 普通形} ＋ ようだ

意 思

【推斷】 用在說話人從各種情況，來推測人或事物是後項的情況，通常是說話人主觀、根據不足的推測。

例文 c

後藤さんは、お肉がお好きなようだった。

聽說後藤先生早前喜歡吃肉。

◆ 比較說明 ◆

「らしい」通常傾向根據傳聞或客觀的證據，做出推測；「ようだ」比較是以自己的想法或經驗，做出推測。

6 がする
感到…、覺得…、有…味道

接續方法 {名詞}＋がする

意思1

【樣態】 前面接「かおり（香味）、におい（氣味）、味（味道）、音（聲音）、感じ（感覺）、気（感覺）、吐き気（噁心感）」等表示氣味、味道、聲音、感覺等名詞，表示說話人通過感官感受到的感覺或知覺。中文意思是：「感到…、覺得…、有…味道」。

例文 A

今は晴れているけど、明日は雨が降るような気がする。

今天雖然是晴天，但我覺得明天好像會下雨。

比較

● ようにする
爭取做到…

接續方法 {動詞辭書形；動詞否定形}＋ようにする

意思

【意志】 表示說話人自己將前項的行為、狀況當作目標而努力，或是說話人建議聽話人採取某動作、行為時。

例文 a

人の悪口を言わないようにしましょう。

努力做到不去說別人的壞話吧！

◆ 比較說明 ◆

「がする」表示樣態，表示感覺，沒有自己的意志和意圖；「ようにする」表示意志，表示說話人自己將前項的行為、狀況當作目標而努力，或是說話人建議聽話人採取某動作、行為，是擁有自己的意志和意圖的。

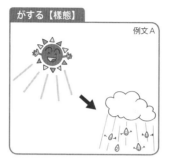

7 かどうか

是否…、…與否

接續方法 {名詞;形容動詞詞幹;[形容詞・動詞]普通形}＋かどうか

意思1

【不確定】 表示從相反的兩種情況或事物之中選擇其一。「かどうか」前面的部分是不知是否屬實。中文意思是:「是否…、…與否」。

例文A

あの店の料理はおいしいかどうか分かりません。

我不知道那家餐廳的菜到底好不好吃。

比較

● か～か～

…或是…

接續方法 {名詞}＋か＋{名詞}＋か;{形容詞普通形}＋か＋{形容詞普通形}＋か;{形容動詞詞幹}＋か＋{形容動詞詞幹}＋か;{動詞普通形}＋か＋{動詞普通形}＋か

意思

【選擇】 「か」也可以接在選擇項目的後面。跟「～か～」一樣,表示在幾個當中,任選其中一個。

古沢さんか清水さんか、どちらかがやります。

會由古澤小姐或清水小姐其中一位來做。

◆ 比較說明 ◆

「かどうか」前面的部分接不知是否屬實的事情或情報;「か~か~」表示在幾個當中，任選其中一個。「か」的前後放的是確實的事情或情報。

🎧 Track 050

8 だろう
…吧

接續方法 {名詞;形容動詞詞幹;[形容詞・動詞] 普通形} +だろう

意思1

【推斷】 使用降調，表示說話人對未來或不確定事物的推測，且說話人對自己的推測有相當大的把握。中文意思是:「…吧」。

例文 A

彼は来ないだろう。

他大概不會來吧。

補充1

〔**常接副詞**〕 常跟副詞「たぶん（大概）、きっと（一定）」等一起使用。

明日の試験はたぶん難しいだろう。

明天的考試恐怕很難喔。

〖女性用－でしょう〗口語時女性多用「でしょう」。

今夜はもっと寒くなるでしょう。

今晚可能會變得更冷吧。

比較

● (だろう) とおもう

（我）想…、（我）認為…

接續方法 {[名詞・形容詞・形容動詞・動詞] 普通形}＋（だろう）とおもう

意　思

【推斷】　意思幾乎跟「だろう」(…吧)相同,不同的是「とおもう」比「だろう」更清楚地講出推測的內容,只不過是説話人主觀的判斷,或個人的見解。而「だろうとおもう」由於説法比較婉轉,所以讓人感到比較鄭重。

例文 a

彼は独身だろうと思います。

我猜想他是單身。

◆ 比較説明 ◆

「だろう」表示推斷,可以用在把自己的推測跟對方説,或自言自語時;「（だろう）とおもう」也表推斷,只能用在跟對方説自己的推測,而且也清楚表達這個推測是説話人個人的見解。

9 （だろう）とおもう
（我）想…、（我）認為…

接續方法 {[名詞・形容詞・形容動詞・動詞] 普通形} ＋（だろう）とおもう

意思 1

【推斷】 意思幾乎跟「だろう（…吧）」相同，不同的是「とおもう」比「だろう」更清楚地講出推測的內容，只不過是說話人主觀的判斷，或個人的見解。而「だろうとおもう」由於說法比較婉轉，所以讓人感到比較鄭重。中文意思是：「（我）想…、（我）認為…」。

例文A

きょうじゅう　　しごと　　お　　　　　　　　　　おも
今日中に仕事が終わらないだろうと思っている。

我認為今天之內恐怕無法完成工作。

比較

● とおもう
覺得…、認為…、我想…、我記得…

接續方法 {[名詞・形容詞・形容動詞・動詞] 普通形} ＋とおもう

意思

【推斷】 表示說話者有這樣的想法、感受、意見。「とおもう」只能用在第一人稱。前面接名詞或形容動詞時要加上「だ」。

例文 a

お金を好きなのは悪くないと思います。

かね す わる おも

我認為愛錢並沒有什麼不對。

◆ 比較說明 ◆

「（だろう）とおもう」表示推斷，表示說話人對未來或不確定事物的推測；「とおもう」也表推斷，表示說話者有這樣的想法、感受及意見。

（だろう）とおもう【推斷】
例文 A

とおもう【推斷】
例文 a

🎧 Track 052

10 とおもう
覺得…、認為…、我想…、我記得…

接續方法 {[名詞・形容詞・形容動詞・動詞] 普通形}＋とおもう

意思1

【推斷】 表示說話者有這樣的想法、感受及意見，是自己依照情況而做出的預測、推想。「とおもう」只能用在第一人稱。前面接名詞或形容動詞時要加上「だ」。中文意思是：「覺得…、認為…、我想…、我記得…」。

例文 A

日本語の勉強は面白いと思う。

に ほん ご べんきょう おもしろ おも

我覺得學習日文很有趣。

● とおもっている

認為…

接續方法 {[名詞・形容詞・形容動詞・動詞] 普通形}＋とおもっている

意　思

【推斷】 表示思考、意見、念頭或判斷的內容從之前就有了，一直持續到現在。除了說話人之外，也用在引用第三者做出的主觀推斷。

例文 a

私はあの男が犯人だと思っている。

我一直都認為那男的是犯人。

◆ 比較說明 ◆

「とおもう」表示推斷，表示說話人當時的想法、意見等；「とおもっている」也表推斷，表示想法從之前就有了，一直持續到現在。另外，「とおもっている」的主語沒有限制一定是說話人。

🎧 Track 053

11 かもしれない

也許…、可能…

接續方法 {名詞；形容動詞詞幹；[形容詞・動詞] 普通形}＋かもしれない

【推斷】 表示說話人說話當時的一種不確切的推測。推測某事物的正確性雖低，但是有可能的。肯定跟否定都可以用。跟「かもしれない」相比，「とおもいます」、「だろう」的說話者，對自己推測都有較大的把握。其順序是：とおもいます＞だろう＞かもしれない。中文意思是：「也許…、可能…」。

例文A

パソコンの調子が悪いです。故障かもしれません。

電腦操作起來不太順，或許故障了。

比較

● はずだ
（按理說）應該…

接續方法 {名詞の；形容動詞詞幹な；[形容詞・動詞] 普通形} ＋
はずだ

意思

【推斷】 表示說話人根據事實、理論或自己擁有的知識來推測出結果，是主觀色彩強，較有把握的推斷。

例文a

金曜日の３時ですか。大丈夫なはずです。

星期五的三點嗎？應該沒問題。

◆ 比較說明 ◆

「かもしれない」表示推斷，用在正確性較低的推測；「はずだ」也表推斷，是說話人根據事實或理論，做出有把握的推斷。

かもしれない【推斷】 例文A

はずだ【推斷】 例文a

5 実力テスト

做對了，往走，做錯了往走。

次の文の_____にはどんな言葉を入れたらよいか。1・2から最も適当なものをひとつ選びなさい。

實力測驗
Q 哪一個是正確的？

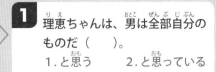

1 理恵ちゃんは、男は全部自分のものだ（　　）。
1. と思う　　　2. と思っている

譯
1. と思う：覺得…
2. と思っている：認為…

2 高かったんだから、きっとおいしい（　　）。
1. かもしれない　　2. はずだ

譯
1. かもしれない：也許…
2. はずだ：應該

3 お金が空から降って（　　）。
1. こないはずだ
2. くるはずがない

譯
1. こないはずだ：應該不會來
2. くるはずがない：絕不可能來

4 水も食べ物もなくて、（　　）になりました。
1. 死にそう　　2. 死ぬそう

譯
1. 死にそう：好像要死掉
2. 死ぬそう：聽說會死掉

5 坂本君に好きな人がいる（　　）知りたいです。
1. がどうか　　2. かどうか

譯
1. がどうか：…如何呢
2. かどうか：是否…

6 あそこの家、幽霊が出る（　　）よ。
1. らしい　　　2. ようだ

譯
1. らしい：聽說
2. ようだ：好像

答案：(1) 2 (2) 2 (3) 2
(4) 1 (5) 2 (6) 1

可能、難易、程度、引用と対象

1 ことがある
2 ことができる
3 (ら)れる
4 やすい
5 にくい
6 すぎる
7 数量詞＋も
8 そうだ
9 という
10 ということだ
11 について (は)、につき、についても、についての

🎧 Track 054

 ことがある

(1) 有過…但沒有過…；(2) 有時…、偶爾…

接續方法 {動詞辭書形；動詞否定形} ＋ことがある

意思1

【經驗】 也有用「ことはあるが、ことはない」的形式，通常內容為談話者本身經驗。中文意思是：「有過…但沒有過…」。

例文A

私は遅刻することはあるが、休むことはない。

我雖然曾遲到，但從沒請過假。

意思2

【不定】 表示有時或偶爾發生某事。中文意思是：「有時…、偶爾…」。

例文B

友達とカラオケに行くことがある。

我和朋友去過卡拉OK。

補 充

〖**常搭配頻度副詞**〗 常搭配「ときどき（有時）、たまに（偶爾）」等表示頻度的副詞一起使用。

私<ruby>私<rt>わたし</rt></ruby>たちはときどき、仕事<ruby>仕事<rt>し ごと</rt></ruby>の後<ruby>後<rt>あと</rt></ruby>に飲<ruby>飲<rt>の</rt></ruby>みに行<ruby>行<rt>い</rt></ruby>くことがあります。

我們經常會在下班後相偕喝兩杯。

比較

● ことができる

能…、會…

接續方法 {動詞辭書形}＋ことができる

意 思

【能力】 表示技術上、身體的能力上，是有能力做的。

例文 b

3回目<ruby>回目<rt>かい め</rt></ruby>の受験<ruby>受験<rt>じゅけん</rt></ruby>で、やっとN4に合格<ruby>合格<rt>ごうかく</rt></ruby>することができた。

第三次應考，終於通過了日檢 N4 測驗。

◆ 比較說明 ◆

「ことがある」表示不定，表示有時或偶爾發生某事；「ことができる」表示能力，也就是能做某動作、行為。

ことがある【不定】　　例文B

ことができる【能力】　　例文b

N4 合格

🎧 Track 055

2 ことができる

(1) 可能、可以；(2) 能…、會…

接續方法 {動詞辭書形}＋ことができる

【可能性】表示在外部的狀況、規定等客觀條件允許時可能做。中文意思是：「可能、可以」。

意思 2

【能力】表示技術上、身體的能力上，是有能力做的。中文意思是：「能…、會…」。

例文 A

午後 3 時まで体育館を使うことができます。

在下午三點之前可以使用體育館。

例文 B

中山さんは 100 m泳ぐことができます。

中山同學能夠游一百公尺。

補 充

〖更書面語〗這種説法比「可能形」還要書面語一些。

比較

● (ら)れる

會…、能…

接續方法 {[一段動詞・力變動詞]可能形}＋られる；{五段動詞可能形；サ變動詞可能形さ}＋れる

意 思

【能力】表示可能，跟「ことができる」意思幾乎一樣。只是「可能形」比較口語。表示技術上、身體的能力上，是具有某種能力的。

例文 b

マリさんはお箸が使えますか。

瑪麗小姐會用筷子嗎？

「ことができる」跟「（ら）れる」都表示技術上，身體能力上，具有某種能力，但接續不同，前者用「動詞辭書形＋ことができる」；後者用「一段動詞・力變動詞可能形＋られる」或「五段動詞可能形；サ變動詞可能形さ＋れる」。另外，「ことができる」是比較書面的用法。

🎧 Track 056

3　（ら）れる

(1) 會…、能…；(2) 可能、可以

接續方法 { [一段動詞・力變動詞] 可能形}＋られる；{五段動詞可能形；サ變動詞可能形さ}＋れる

意思1

【能力】　表示可能，跟「ことができる」意思幾乎一樣。只是「可能形」比較口語。表示技術上、身體的能力上，是具有某種能力的。中文意思是：「會…、能…」。

例文A

森さんは 100 m を 11 秒で走れる。

森同學跑百公尺只要十一秒。

補　充

〖助詞變化〗　日語中他動詞的對象用「を」表示，但是在使用可能形的句子裡「を」常會改成「が」，但「に、へ、で」等保持不變。

私は英語とフランス語が話せます。

我會說英語和法語。

【可能性】從周圍的客觀環境條件來看，有可能做某事。中文意思是：「可能、可以」。

いつかあんな高い車が買えるといいですね。

如果有一天買得起那種昂貴的車，該有多好。

〔否定形－（ら）れない〕 否定形是「（ら）れない」為「不會…；不能…」的意思。

土曜日なら大丈夫ですが、日曜日は出かけられません。

星期六的話沒問題，如果是星期天就不能出門了。

● できる

會…、能…

接續方法 {名詞}＋ができる

【可能性】表示可能性，表示在某條件的影響下，是否有可能去做某事之意。也表示個人的能力。一般指某人所通曉的技能，如樂器、體育、外語等。

今週は忙しくてテニスができませんでした。

這週很忙，所以沒能打網球。

◆ 比較說明 ◆

「（ら）れる」與「できる」都表示在某條件下，有可能會做某事。

（ら）れる【可能性】

例文B

できる【可能性】

例文b

テニス ×

4 やすい

容易…、好…

接續方法 {動詞ます形}＋やすい

意思 1

【容易】 表示該行為、動作很容易做，該事情很容易發生，或容易發生某種變化，亦或是性質上很容易有那樣的傾向，與「にくい」相對。中文意思是：「容易…、好…」。

例文A

ここは便利で住みやすい。

這地方生活便利，住起來很舒適。

補 充

〖變化跟い形容詞同〗「やすい」的活用變化跟「い形容詞」一樣。

例 文

山口先生の話は分かりやすくて面白いです。

山口教授講起話來簡單易懂又風趣。

比較

● にくい

不容易…、難…

接續方法 {動詞ます形}＋にくい

意 思

【困難】 表示該行為、動作不容易做，該事情不容易發生，或不容易發生某種變化，亦或是性質上很不容易有那樣的傾向。「にくい」的活用跟「い形容詞」一樣。並且與「やすい」(容易⋯、好⋯)相對。

例文 a

このコンピューターは、使^{つか}いにくいです。

這台電腦很不好用。

◆ 比較說明 ◆

「やすい」和「にくい」意思相反，「やすい」表示某事很容易做；「にくい」表示某事做起來有難度。

🎧 Track 058

5 にくい
不容易⋯、難⋯

接續方法 {動詞ます形}＋にくい

意思1

【困難】 表示該行為、動作不容易做，該事情不容易發生，或不容易發生某種變化，亦或是性質上很不容易有那樣的傾向。「にくい」的活用跟「い形容詞」一樣。與「やすい (容易⋯、好⋯)」相對。中文意思是：「不容易⋯、難⋯」。

例文A

この薬^{くすり}は、苦^{にが}くて飲^のみにくいです。

這種藥很苦，不容易嚥下去。

● づらい

…難、不便…、不好

接續方法 {動詞ます形}＋づらい

意思

【困難】 表示進行某動作，就會引起肉體或精神上的困難、不便或歉意的感覺。算是書面用語。

例文 a

石が多くて歩きづらい。

石子多，不好走。

◆ 比較説明 ◆

「にくい」是敘述客觀的不容易、不易的狀態；「づらい」是説話人由於心理或肉體上的因素，感覺做某事有困難。

にくい【困難】 例文 A

づらい【困難】 例文 a

🎧 Track 059

6 すぎる

太…、過於…

接續方法 {[形容詞・形容動詞] 詞幹；動詞ます形}＋すぎる

意思1

【程度】 表示程度超過限度，超過一般水平、過份的或因此不太好的狀態。中文意思是：「太…、過於…」。

昨日は食べすぎてしまった。胃が痛い。

昨天吃太多了，胃好痛。

〖否定形〗 前接「ない」，常用「なさすぎる」的形式。

例　文

学生なのに勉強しなさすぎるよ。

現在還是學生，未免太不用功了吧！

〖よすぎる〗 另外，前接「良い（いい／よい）（優良）」，不會用「いすぎる」，必須用「よすぎる」。

例　文

初めて会った人にお金を貸すとは、人が良すぎる。

第一次見面的人就借錢給對方，心腸未免太軟了。

比較

● すぎ

　　過…

接續方法 {時間・年齡}＋すぎ

意　思

【程度】 表示時間或年齡的超過。

例文 a

50 すぎになると体力が落ちる。

一過 50 歲體力就大減了。

◆ 比較說明 ◆

「すぎる」表示程度，用在程度超過一般狀態；「すぎ」也表程度，用在時間或年齡的超過。

 數量詞＋も
(1) 好…；(2) 多達…

接續方法 {數量詞}＋も

意思1

【數量多】 用「何＋助數詞＋も」，像是「何回も（好幾回）、何度も（好幾次）」等，表示實際的數量或次數並不明確，但說話者感覺很多。中文意思是：「好…」。

例文A

昨日はコーヒーを何杯も飲んだ。

昨天喝了好幾杯咖啡。

意思2

【強調】 前面接數量詞，用在強調數量很多、程度很高的時候，由於因人物、場合等條件而異，所以前接的數量詞雖不一定很多，但還是表示很多。中文意思是：「多達…」。

例文B

彼はウイスキーを３本も買った。

他足足買了三瓶威士忌。

● ばかり

淨…、光…

接續方法 {名詞}＋ばかり

意思

【強調】 表示數量、次數非常多。

例文 b

漫画ばかりで、本は全然読みません。

光看漫畫，完全不看書。

◆ 比較說明 ◆

「數量詞＋も」與「ばかり」都表示強調數量很多，但「ばかり」的前面接的是名詞或動詞て形。

數量詞＋も【強調】	ばかり【強調】
 例文 B	 例文 b

🎧 Track 061

8 そうだ

聽說…、據說…

接續方法 {[名詞・形容詞・形容動詞・動詞] 普通形}＋そうだ

意思 1

【傳聞】 表示傳聞。表示不是自己直接獲得的，而是從別人那裡、報章雜誌或信上等處得到該信息。中文意思是：「聽說…、據說…」。

平野さんの話によると、あの二人は来月結婚するそうです。

我聽平野先生說，那兩人下個月要結婚了。

補充1

〖**消息來源**〗表示信息來源的時候，常用「によると」（根據）或「～の話では」（說是…）等形式。

例 文

メールによると、花子さんは来月引っ越しをするそうです。

電子郵件裡提到，花子小姐下個月要搬家了。

補充2

〖**女性－そうよ**〗說話人為女性時，有時會用「そうよ」。

例 文

おばあさんの話では、おじいさんは若いころモテモテだったそうよ。

據奶奶的話說，爺爺年輕時很多女人倒追他呢！

比較

● **ということだ**

聽說…、據說…

接續方法 {簡體句}＋ということだ

意 思

【**傳聞**】表示傳聞，直接引用的語感強。一定要加上「という」。

例文a

来週から暑くなるということだから、扇風機を出しておこう。

聽說下星期會變熱，那就先把電風扇拿出來吧。

兩者都表示傳聞。「そうだ」不能改成「そうだった」，不過「ということだ」可以改成「ということだった」。另外，當知道傳聞與事實不符，或傳聞內容是推測的時候，不用「そうだ」，而是用「ということだ」。

そうだ【傳聞】

例文 A

ということだ【傳聞】

例文 a

暑くなる

🎧 Track 062

9 という
(1) 叫做…；(2) 說…（是）…

接續方法 {名詞；普通形}＋という

意思 1

【介紹名稱】 前面接名詞，表示後項的人名、地名等名稱。中文意思是：「叫做…」。

例文 A

森田さんという男の人をご存知ですか。

您認識一位姓森田的先生嗎？

意思 2

【說明】 用於針對傳聞、評價、報導、事件等內容加以描述或說明。

例文 B

鈴木さんが来年、京都へ転きんするという噂を聞いた。

我聽說了鈴木小姐明年將會調派京都上班的傳聞。

比較

● と言う

某人說…(是)…

接續方法 {句子} ＋と言う

意　思

【引用】 表示直接引述某人講的話，而且以括號把原文轉述的話框起來。

例文 b

田中さんは「明日アメリカに行く」と言っていましたよ。

田中先生說：「我明天去美國」。

◆ 比較說明 ◆

「という」表示說明，針對傳聞等內容提出來作說明；「と言う」表示引用，表示引用某人說過、寫過，或是聽到的內容。

🎧 Track 063

---

10 ということだ
聽說…、據說…

接續方法 {簡體句} ＋ということだ

意思 1

【傳聞】 表示傳聞，直接引用的語感強。直接或間接的形式都可以使用，而且可以跟各種時態的動詞一起使用。一定要加上「という」。中文意思是：「聽說…、據說…」。

王さんは N2 に合格<ruby>合格<rt>ごうかく</rt></ruby>したということだ。

聽說王同學通過了 N2 級測驗。

比較

● という

說是⋯

接續方法 {名詞；普通形} ＋という

意　思

【說明】用於針對傳聞、評價、報導、事件等內容加以描述或說明。

例文 a

うちの<ruby>会社<rt>かいしゃ</rt></ruby>は<ruby>経営<rt>けいえい</rt></ruby>がうまくいっていないという<ruby>噂<rt>うわさ</rt></ruby>だ。

傳出我們公司目前經營不善的流言。

◆ 比較說明 ◆

「ということだ」表示傳聞；「という」表示說明，也表示不確定但已經流傳許久的傳說。

🎧 Track 064

11 について (は)、につき、についても、についての

(1) 由於⋯；(2) 有關⋯、就⋯、關於⋯

接續方法 {名詞} ＋について (は)、につき、についても、についての

【原因】要注意的是「につき」也有「由於…」的意思，可以根據前後文來判斷意思。

意思1

例文A

閉店<ruby>へいてん</ruby>につき、店<ruby>みせ</ruby>の商品<ruby>しょうひん</ruby>はすべて 90 ％ 引<ruby>び</ruby>きです。

由於即將結束營業，店內商品一律以一折出售。

意思2

【對象】表示前項先提出一個話題，後項就針對這個話題進行説明。中文意思是：「有關…、就…、關於…」。

例文B

私<ruby>わたし</ruby>はこの町<ruby>まち</ruby>の歴史<ruby>れきし</ruby>について調<ruby>しら</ruby>べています。

我正在調查這座城鎮的歷史。

比較

● にたいして

向…、對（於）…

接續方法 {名詞}＋にたいして

意 思

【對象】表示動作、感情施予的對象，有時候可以置換成「に」。

例文b

息子<ruby>むすこ</ruby>は、音楽<ruby>おんがく</ruby>に対<ruby>たい</ruby>して人一倍<ruby>ひといちばい</ruby>興味<ruby>きょうみ</ruby>が強<ruby>つよ</ruby>いです。

兒子對音樂的興趣非常濃厚。

◆ 比較說明 ◆

「について」表示對象，用來提示話題，再作説明；「にたいして」也表對象，表示動作施予的對象。

について【對象】

例文 B

にたいして【對象】

例文 b

MEMO

實力測驗
Q 哪一個是正確的？

1
私はバイオリンを弾く（　　）できる。
1．ことが　　　2．ように

譯
1．ことが：事情
2．ように：為了

2
この本は字が大きいので、お年寄りでも読み（　　）です。
1．やすい　　　2．にくい

譯
1．やすい：容易…
2．にくい：不容易…

3
ベッドが（　　）すぎて、腰が痛い。
1．柔らかい　　　2．柔らか

譯
1．柔らかい：軟的
2．柔らか：軟

4
週末はいい天気だろう（　　）。
1．そうだ　　　2．ということだ

譯
1．そうだ：聽說…
2．ということだ：聽說…

5
先生でも間違える（　　）。
1．ことができる
2．ことがある

譯
1．ことができる：可能
2．ことがある：偶爾

6
彼女は、男性（　　）は態度が違う。
1．について　　　2．に対して

譯
1．について：有關…
2．に対して：對於…

答案：（1）1（2）1（3）2
（4）2（5）2（6）2

Chapter 7

★★★★★

変化、比較、経験と付帯

1 ようになる
2 ていく
3 てくる
4 ことになる

5 ほど〜ない
6 と〜と、どちら
7 たことがある
8 ず（に）

🎧 Track 065

1 ようになる
（變得）…了

接續方法 {動詞辭書形；動詞可能形} ＋ようになる

意思 1

【變化】 表示是能力、狀態、行為的變化。大都含有花費時間，使成為習慣或能力。動詞「なる」表示狀態的改變。中文意思是：「（變得）…了」。

例文 A

日本に来て、漢字が少し読めるようになりました。

來到日本以後，漸漸能看懂漢字了。

比較

● ように
請…、希望…

接續方法 {動詞辭書形；動詞否定形} ＋ように

意 思

【祈求】 表示祈求、願望、希望、勸告或輕微的命令等。有希望成為某狀態，或希望發生某事態，向神明祈求時，常用「動詞ます形＋ますように」。

例文 a

世界が平和になりますように。

祈求世界和平。

「ようになる」表示變化，表示花費時間，才能養成的習慣或能力；
「ように」表示祈求，表示希望成為狀態、或希望發生某事態。

🎧 **Track 066**

2 ていく
(1)…下去；(2)…起來；(3)…去

接續方法 {動詞て形} ＋いく

意思 1

【變化】 表示動作或狀態的變化。中文意思是：「…下去」。

例文 A

子供は大きくなると、親から離れていく。

孩子長大之後，就會離開父母的身邊。

意思 2

【繼續】 表示動作或狀態，越來越遠地移動，或動作的繼續、順序，多指從現在向將來。中文意思是：「…起來」。

例文 B

今後は子供がもっと少なくなっていくでしょう。

看來今後小孩子會變得更少吧。

【方向－由近到遠】 保留「行く」的本意，也就是某動作由近而遠，從說話人的位置、時間點離開。中文意思是：「…去」。

例文 C

主人はゴルフに行くので、朝早く出て行った。
しゅじん　　　　　　　　　い　　　　　　あさはや　　で　　い

外子要去打高爾夫球，所以一大早就出門了。

比較

● **てくる**
　　…來

接續方法 {動詞て形}＋くる

意 思

【方向－由遠到近】 保留「来る」的本意，也就是由遠而近，向說話人的位置、時間點靠近。

例文 c

大きな石ががけから落ちてきた。
おお　　いし　　　　　　　　お

巨石從懸崖掉了下來。

◆ **比較說明** ◆

「ていく」跟「てくる」意思相反，「ていく」表示某動作由近到遠，或是狀態由現在朝向未來發展；「てくる」表示某動作由遠到近，或是去某處做某事再回來。

ていく【方向－由近到遠】
例文 C

てくる【方向－由遠到近】
例文 c

3 てくる
(1)…起來；(2)…來；(3)…（然後再）來…；(4)…起來、…過來

接續方法 {動詞て形}＋くる

意思 1

【變化】 表示變化的開始。中文意思是：「…起來」。

例文 A

風が吹いてきた。

颳起風了。

意思 2

【方向－由遠到近】 保留「来る」的本意，也就是由遠而近，向説話人的位置、時間點靠近。中文意思是：「…來」。

例文 B

あちらに富士山が見えてきましたよ。

遠遠的那邊可以看到富士山喔。

意思 3

【去了又回】 表示在其他場所做了某事之後，又回到原來的場所。中文意思是：「…（然後再）來…」。

例文 C

先週ディズニーランドへ行ってきました。

上星期去了迪士尼樂園。

意思 4

【繼續】 表示動作從過去到現在的變化、推移，或從過去一直繼續到現在。中文意思是：「…起來、…過來」。

例文 D

この歌は人々に愛されてきた。

這首歌曾經廣受大眾的喜愛。

● ておく

先…、暫且…

接續方法 {動詞て形}＋おく

意 思

【準備】 表示為將來做準備，也就是為了以後的某一目的，事先採取某種行為。

例文 d

お客さんが来るから、掃除をしておこう。

有客人要來，所以先打掃吧。

◆ 比較說明 ◆

「てくる」表示繼續，表示動作從過去一直繼續到現在，也表示出去再回來；「ておく」表示準備，表示為了達到某種目的，先採取某行為做好準備，並使其結果的狀態持續下去。

🎧 Track 068

4 ことになる

(1) 也就是說…；(2) 規定…；(3)（被）決定…

接續方法 {動詞辭書形；動詞否定形}＋ことになる

意思 1

【換句話說】 指針對事情，換一種不同的角度或說法，來探討事情的真意或本質。中文意思是：「也就是說…」。

最近雨の日が多いので、つゆに入ったことになりますか。

最近常常下雨，已經進入梅雨季了嗎？

【約束】以「ことになっている」的形式，表示人們的行為會受法律、約定、紀律及生活慣例等約束。中文意思是：「規定…」。

夏は、授業中に水を飲んでもいいことになっている。

目前允許夏季期間上課時得以飲水。

【決定】表示決定。指説話人以外的人、團體或組織等，客觀地做出了某些安排或決定。中文意思是：「（被）決定…」。

ここで煙草を吸ってはいけないことになった。

已經規定禁止在這裡吸菸了。

〖婉轉宣布〗用於婉轉宣布自己決定的事。

夏に帰国することになりました。

決定在夏天回國了。

比較

● ようになる

（變得）…了

接續方法 {動詞辭書形；動詞可能形}＋ようになる

【變化】表示是能力、狀態、行為的變化。大都含有花費時間，使成為習慣或能力。動詞「なる」表示狀態的改變。

練習して、この曲はだいたい弾けるようになった。

練習後，這首曲子大致會彈了。

◆ 比較說明 ◆

「ことになる」表示決定，表示決定的結果。而某件事的決定跟自己的意志是沒有關係的；「ようになる」表示變化，表示行為能力或某種狀態變化的結果。

ことになる【決定】 例文 c

ようになる【變化】 例文 c

5 ほど〜ない
不像…那麼…、沒那麼…

接續方法 {名詞；動詞普通形}＋ほど〜ない

意思1

【比較】 表示兩者比較之下，前者沒有達到後者那種程度。這個句型是以後者為基準，進行比較的。中文意思是：「不像…那麼…、沒那麼…」。

例文 A

外は雨だけど、傘をさすほど降っていない。

外面雖然下著雨，但沒有大到得撑傘才行。

● くらい（ぐらい）〜はない

没什麼是…、沒有…像…一樣、沒有…比…的了

接續方法 {名詞} ＋くらい（ぐらい）＋ {名詞} ＋はない

意思

【最上級】 表示前項程度極高，別的東西都比不上，是「最…」的事物。

例文 a

お母さんくらいいびきのうるさい人はいない。

再沒有比媽媽的鼾聲更吵的人了。

◆ 比較說明 ◆

「ほど〜ない」表示比較，表示前者比不上後者，其中的「ほど」不能跟「くらい」替換；「くらい〜はない」表示最上級，表示沒有任何人事物能比得上前者。

🎧 **Track 070**

6 と〜と、どちら

在…與…中，哪個…

接續方法 {名詞} ＋と＋ {名詞} ＋と、どちら（のほう）が

【比較】 表示從兩個裡面選一個。也就是詢問兩個人或兩件事，哪一個適合後項。在疑問句中，比較兩個人或兩件事，用「どちら」。東西、人物及場所等都可以用「どちら」。中文意思是：「在…與…中，哪個…」。

例文 A

ビールとワインと、どちらがよろしいですか。

啤酒和紅酒，哪一種比較好呢？

比較

● のなかで
…之中、…當中

接續方法 {名詞}＋のなかで

意 思

【範圍】 用在在進行三個以上的事物的比較時，而比較時總是有一個比較的範圍，就用這個句型。

例文 a

わたし しき なか あき いちばん す
私は四季の中で、秋が一番好きです。

四季中我最喜歡秋天。

◆ 比較說明 ◆

「と～と、どちら」表示比較，用在從兩個項目之中，選出一項適合後面敘述的；「のなかで」表示範圍，用在從廣闊的範圍裡，選出最適合後面敘述的。

と～と、どちら【比較】
例文 A

のなかで【範圍】
例文 a

7 たことがある
(1) 曾經…過；(2) 曾經…

接續方法 {動詞過去式}＋たことがある

意思1

【特別經驗】 表示經歷過某個特別的事件，且事件的發生離現在已有一段時間，大多和「小さいころ（小時候）、むかし（以前）、過去に（過去）、今までに（到現在為止）」等詞前後呼應使用。中文意思是：「曾經…過」。

例文A

富士山に登ったことがある。

我爬過富士山。

意思2

【一般經驗】 指過去曾經體驗過的一般經驗。中文意思是：「曾經…」。

例文B

スキーをしたことがありますか。

請問您滑過雪嗎？

比較

● ことがある
有時…、偶爾…

接續方法 {動詞辭書形；動詞否定形}＋ことがある

意　思

【不定】 表示有時或偶爾發生某事。

例文b

友人とお酒を飲みに行くことがあります。

偶爾會跟朋友一起去喝酒。

「たことがある」表示一般經驗，用在過去的經驗；「ことがある」表示不定，表示有時候會做某事。

たことがある【一般經驗】

例文B

ことがある【不定】

例文b

🎧 Track 072

8 ず (に)
不…地、沒…地

接續方法 {動詞否定形 (去ない)} ＋ず (に)

意思1

【否定】「ず」雖是文言，但「ず (に)」現在使用得也很普遍。表示以否定的狀態或方式來做後項的動作，或產生後項的結果，語氣較生硬，具有副詞的作用，修飾後面的動詞，相當於「ない (で)」。中文意思是：「不…地、沒…地」。

例文A

今週はお金を使わずに生活ができた。

這一週成功完成了零支出的生活。

補充

〔せずに〕 當動詞為サ行變格動詞時，要用「せずに」。

例文

学校から帰ってきて、宿題をせずに出て行った。

一放學回來，連功課都沒做就又跑出門了。

● まま

…著

接續方法 {名詞の；形容詞辭書形；形容動詞詞幹な；動詞た形}＋
まま

意 思

【附帶狀況】 表示附帶狀況，指一個動作或作用的結果，在這個
狀態還持續時，進行了後項的動作，或發生後項的事態。

例文 a

日本酒は冷たいままで飲むのが好きだ。

我喜歡喝冰的日本清酒。

◆ **比較說明** ◆

「ず（に）」表示否定，表示沒做前項動作的狀態下，做某事；「まま」
表示附帶狀況，表示維持前項的狀態下，做某事。

7 実力テスト

做對了，往 走，做錯了往 走。

次の文の＿＿＿＿＿にはどんな言葉を入れたらよいか。1・2から最も適当なものをひとつ選びなさい。

實力測驗
Q 哪一個是正確的？

1
前に屋久島に（　　）ことがある。
1. 行った　　　2. 行く

 譯
1. 行った：去過
2. 行く：去

2
20歳になって、お酒が飲める
（　　）。
1. ようにした　2. ようになった

譯
1. ようにした：使其變成…了
2. ようになった：變得…了

3
雨が降っ（　　）。
1. ていきました
2. てきました

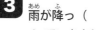 譯
1. ていきました：…去了
2. てきました：…來了

4
納豆は臭豆腐ほど（　　）。
1. 臭くない
2. 臭い食べ物はない

譯
1. 臭くない：不臭
2. 臭い食べ物はない：沒有臭的食物

5
昔のことはどんどん忘れ（　　）。
1. てくる　　　2. ていく

譯
1. てくる：…起來
2. ていく：就會…下去

6
歯を（　　）寝てしまった。
1. 磨かずに　　2. 磨いたまま

 譯
1. 磨かずに：沒有刷
2. 磨いたまま：刷著

答案：（1）1（2）2（3）2
（4）1（5）2（6）1

124

Chapter

8

★★★★★

行為の開始と終了等

1 ておく	6 たところだ
2 はじめる	7 てしまう
3 だす	8 おわる
4 ところだ	9 つづける
5 ているところだ	10 まま

🎧 Track 073

1 ておく
(1)…著；(2)先…、暫且…

接續方法 {動詞て形}＋おく

意思1

【結果持續】 表示考慮目前的情況，採取應變措施，將某種行為的結果保持下去或放置不管。中文意思是：「…著」。

例文A

ともだち　く　　　　　　　　　　　　　　　か
友達が来るからケーキを買っておこう。

朋友要來作客，先去買個蛋糕吧。

意思2

【準備】 表示為將來做準備，也就是為了以後的某一目的，事先採取某種行為。中文意思是：「先…、暫且…」。

例文B

かん　じ　　　じゅぎょう　まえ　よ　しゅう
漢字は、授業の前に予習しておきます。

漢字的部分會在上課前先預習。

補充

〖**口語縮約形**〗「ておく」口語縮略形式為「とく」,「でおく」的縮略形式是「どく」。例如：「言っておく（話先講在前頭）」縮略為「言っとく」。

田中君に明日 10 時に来て、って言っとくね。

記得轉告田中，明天十點來喔！

比較

● 他動詞＋てある
…著、已…了

接續方法 {他動詞て形}＋ある

意 思

【動作的結果－有意圖】 表示抱著某個目的、有意圖地去執行，當動作結束之後，那一動作的結果還存在的狀態。相較於「ておく」（事先…）強調為了某目的，先做某動作，「てある」強調已完成動作的狀態持續到現在。

例文b

果物は冷蔵庫に入れてある。

水果已經放在冰箱裡了。

◆ 比較說明 ◆

「ておく」表示準備，表示為了某目的，先做某動作；「てある」表示動作的結果，表示抱著某個目的做了某事，而且已完成動作的狀態持續到現在。

2 はじめる
開始…

接続方法 {動詞ます形}＋はじめる

意思1

【起點】表示前接動詞的動作、作用的開始，也就是某動作、作用很清楚地從某時刻就開始了。前面可以接他動詞，也可以接自動詞。中文意思是：「開始…」。

例文A

先月から猫を飼い始めました。

從上個月開始養貓了。

補充

〖はじめよう〗可以和表示意志的「（よ）う／ましょう」一起使用。

比較

● だす
…起來、開始…

接続方法 {動詞ます形}＋だす

意思

【起點】表示某動作、狀態的開始。

例文a

空が急に暗くなって、雨が降り出した。

天空突然暗下來，開始下起雨來了。

◆ 比較説明 ◆

兩者都表示起點，「はじめる」跟「だす」用法差不多，但動作開始後持續一段時間用「はじめる」；突發性的某動作用「だす」。另外，表説話人意志的句子不用「だす」。

はじめる【起點】	だす【起點】
例文 A	例文 a

3 だす
…起來、開始…

接續方法 {動詞ます形}＋だす

意思1

【起點】 表示某動作、狀態的開始。有以人的意志很難抑制其發生，也有短時間內突然、匆忙開始的意思。中文意思是：「…起來、開始…」。

例文A

かい ぎ ちゅう しゃちょう きゅう おこ だ
会議中に社長が急に怒り出した。

開會時總經理突然震怒了。

補 充

〔✕ 說話意志〕 不能使用在表示説話人意志時。

比較

● かけ (の)、かける
做一半、剛…、開始…

接續方法 {動詞ます形}＋かけ (の)、かける

意 思

【中途】 表示動作，行為已經開始，正在進行途中，但還沒有結束，相當於「～している途中」。

読_よみかけの本_{ほん}が5、6冊_{さく}たまっている。

剛看一點開頭的書積了五六本。

◆ 比較說明 ◆

「だす」表示起點，繼續的動作中，説話者的著眼點在開始的部分；「かけ（の）」表示中途，表示動作已開始，做到一半。著眼點在進行過程中。

だす【起點】
例文A

かけ（の）【中途】
例文 a

🎧 Track 076

4 ところだ
剛要…、正要…

接續方法 {動詞辭書形} ＋ところだ

意思1

【將要】 表示將要進行某動作，也就是動作、變化處於開始之前的階段。中文意思是：「剛要…、正要…」。

例文A

今_{いま}から山_{やま}に登_{のぼ}るところだ。

現在正準備爬山。

補充

〔用在意圖行為〕 不用在預料階段，而是用在有意圖的行為，或很清楚某變化的情況。

● ているところだ

正在…、…的時候

接續方法 {動詞て形} ＋いるところだ

意　思

【時點】 表示正在進行某動作，也就是動作、變化處於正在進行的階段。

例文 a

社長は今奥の部屋で銀行の人と会っているところです。

總經理目前正在裡面的房間和銀行人員會談。

◆ 比較說明 ◆

「ところだ」表示將要，是指正開始要做某事；「ているところだ」表示時點，是指正在做某事，也就是動作進行中。

ところだ【將要】 例文 A

ているところだ【時點】 例文 a

🎧 Track 077

5 ているところだ

正在…、…的時候

接續方法 {動詞て形} ＋いるところだ

意思 1

【時點】 表示正在進行某動作，也就是動作、變化處於正在進行的階段。中文意思是：「正在…、…的時候」。

例文 A

警察は昨日の事故の原因を調べているところです。

警察正在調查昨天那起事故的原因。

補 充

〖連接句子〗如為連接前後兩句子，則可用「ているところに」。

例 文

彼の話をしているところに、彼がやってきた。

正説他，他人就來了。

比較

● ていたところだ

正在…

接續方法 {動詞て形} ＋いたところだ

意 思

【時點】表示一直持續的事，剛結束的時間。

例文 a

今、ご飯を食べていたところだ。

現在剛吃完飯。

◆ 比較說明 ◆

「ているところだ」表時點，表示動作、變化正在進行中的時間；「ていたところだ」也表時點，表示從過去到句子所説的時點為止，該狀態一直持續著。

ているところだ【時點】　例文 A

ていたところだ【時點】　例文 a

6 たところだ
剛…

接續方法 {動詞た形}＋ところだ

意思1

【時點】 表示剛開始做動作沒多久，也就是在「…之後不久」的階段。中文意思是：「剛…」。

例文A

さっき、仕事が終わったところです。

工作就在剛才結束了。

補充

〖發生後不久〗 跟「たばかりだ」比較，「たところだ」強調開始做某事的階段，但「たばかりだ」則是一種從心理上感覺到事情發生後不久的語感。

例文

この洋服は先週買ったばかりです。

這件衣服上週剛買的。

比較

● ているところ

正在…

接續方法 {動詞て形}＋いるところ

意思

【時點】 表示事情正在進行中的眼前或目前這段時間。

例文a

心を落ち着けるために、手紙を書いているところです。

為了讓心情平靜下來，現在正在寫信。

◆ 比較說明 ◆

兩者都表示時點，意思是「剛…」之意，但「たところだ」只表示事情剛發生完的階段，「ているところ」則是事情正在進行中的階段。

たところだ【時點】	ているところ【時點】
例文A	例文a

🎧 Track 079

7 てしまう
(1)…完；(2)…了

接續方法 {動詞て形}＋しまう

意思1

【完成】 表示動作或狀態的完成，常接「すっかり（全部）、全部（全部）」等副詞、數量詞。如果是動作繼續的動詞，就表示積極地實行並完成其動作。中文意思是：「…完」。

例文A

おいしかったので、全部食べてしまった。
ぜん ぶ た

因為太好吃了，結果統統吃光了。

意思2

【感慨】 表示出現了說話人不願意看到的結果，含有遺憾、惋惜、後悔等語氣，這時候一般接的是無意志的動詞。中文意思是：「…了」。

例文B

電車に忘れ物をしてしまいました。
でんしゃ わす もの

把東西忘在電車上了。

〖口語縮約形－ちゃう〗 若是口語縮約形的話「てしまう」是「ちゃう」,「でしまう」是「じゃう」。

例 文

ごめん、昨日のワイン飲んじゃった。

對不起,昨天那瓶紅酒被我喝完了。

比較

● おわる

結束、完了、…完

接續方法 {動詞ます形}＋おわる

意 思

【終點】 接在動詞ます形後面,表示前接動詞的結束、完了。

例文b

日記は、もう書き終わった。

日記已經寫好了。

◆ 比較說明 ◆

「てしまう」跟「おわる」都表示動作結束、完了,但「てしまう」用「動詞て形＋しまう」,常有說話人積極地實行,或感到遺憾、惋惜、後悔的語感;「おわる」用「動詞ます形＋おわる」,是單純的敘述。

てしまう【完成・感慨】

例文B

おわる【終點】

例文b

8 おわる
結束、完了、…完

接續方法 {動詞ます形}＋おわる

意思1

【終點】 接在動詞ます形後面，表示事情全部做完了，或動作或作用結束了。動詞主要使用他動詞。中文意思是：「結束、完了、…完」。

例文A

がっこう お いえ かえ
学校が終わったら、すぐに家に帰ってください。

放學後，請立刻回家。

比較

● だす
…起來、開始…

接續方法 {動詞ます形}＋だす

意思

【起點】 表示某動作、狀態的開始。

例文a

はなし はんぶん わら だ
話はまだ半分なのに、もう笑い出した。

事情才說到一半，大家就笑起來了。

◆ 比較說明 ◆

「おわる」表示終點，表示事情全部做完了，或動作或作用結束了；「だす」表示起點，表示某動作、狀態的開始。

おわる【終點】 例文A

だす【起點】 例文a

🎧 Track 081

9 つづける
(1) 連續…、繼續…；(2) 持續…

接續方法 {動詞ます形}＋つづける

意思1

【**繼續**】 表示連續做某動作，或還繼續、不斷地處於同樣的狀態。中文意思是：「連續…、繼續…」。

例文A

明日は一日中雨が降り続けるでしょう。

明日應是全天有雨。

意思2

【**意圖行為的開始及結束**】 表示持續做某動作、習慣，或某作用仍然持續的意思。中文意思是：「持續…」。

例文B

先生からもらった辞書を今も使いつづけている。

老師贈送的辭典，我依然愛用至今。

補 充

〔**注意時態**〕 現在的事情用「つづけている」，過去的事情用「つづけました」。

● つづけている

持續…

接續方法 {動詞ます形} ＋つづけている

意 思

【意圖行為的開始及結束】 表示目前持續做某動作、習慣，或目前某作用仍然持續的意思。

例文 b

傷^{きず}から血^ちが流^{なが}れ続^{つづ}けている。

傷口血流不止。

◆ 比較說明 ◆

「つづける」跟「つづけている」都是指某動作處在「繼續」的狀態，但「つづけている」表示動作、習慣到現在仍持續著。

🎧 **Track 082**

10 まま
…著

接續方法 {名詞の；形容詞辭書形；形容動詞詞幹な；動詞た形} ＋まま

【附帶狀況】表示附帶狀況，指一個動作或作用的結果，在這個狀態還持續時，進行了後項的動作，或發生後項的事態。「そのまま」表示就這樣，不要做任何改變。中文意思是：「…著」。

例文 A

クーラーをつけたままで寝てしまった。

冷氣開著沒關就這樣睡著了。

比較
● **まだ**
　還…

意思

【繼續】 表示同樣的狀態，從過去到現在一直持續著。

例文 a

別れた恋人のことがまだ好きです。

依然對已經分手的情人戀戀不忘。

◆ 比較說明 ◆

「まま」表示附帶狀況，表示在前項沒有變化的情況下就做了後項；「まだ」表示繼續，表示某狀態從過去一直持續到現在，或表示某動作到目前為止還繼續著。

次の文の_____にはどんな言葉を入れたらよいか。1・2 から最も適当なものをひとつ選びなさい。

實力測驗

Q 哪一個是正確的？

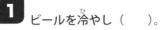

1 ビールを冷やし（　　）。
1．ておきましょうか
2．てありましょうか

譯
1．ておきましょうか：先…呢
2．てありましょうか：X

2 ピアノを習い（　　）つもりだ。
1．はじめる　　2．だす

譯
1．はじめる：開始…
2．だす：…起來

3 もうすぐ7時のニュースが
（　　）。
1．始まるところだ
2．始まっているところだ

譯
1．始まるところだ：就要開始
2．始まっているところだ：正在
開始

4 急いでいたので、眼鏡を忘れた
（　　）家を出た。
1．ばかり　　2．まま

譯
1．ばかり：老是…
2．まま：…著

5 失恋し（　　）。
1．てしまいました
2．終わりました

譯
1．てしまいました：…了
2．終わりました：結束了

6 祭りの夜、人々は朝まで踊り
（　　）。
1．続けた　　2．終わった

譯
1．続けた：持續…
2．終わった：結束…

答案：（1）1（2）1（3）1
（4）2（5）1（6）1

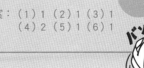

理由、目的と並列

1 し
2 ため（に）
3 ように

4 ようにする
5 のに
6 とか～とか

🎧 **Track 083**

1 し
(1) 既…又…、不僅…而且…；(2) 因為…

接續方法 {[形容詞・形容動詞・動詞] 普通形}＋し

意思1

【並列】用在並列陳述性質相同的複數事物同時存在，或説話人認為兩事物是有相關連的時候。中文意思是：「既…又…、不僅…而且…」。

例文A

田中先生は面白いし、みんなに親切だ。

田中老師不但幽默風趣，對大家也很和氣。

意思2

【理由】表示理由，但暗示還有其他理由。是一種表示因果關係較委婉的説法，但前因後果的關係沒有「から」跟「ので」那麼緊密。中文意思是：「因為…」。

例文B

日本は物価が高いし、忙しいし、生活が大変です。

居住日本不容易，不僅物價高昂，而且人人繁忙。

比較

● **から**
因為…

接續方法 {[形容詞・動詞] 普通形}＋から；{名詞；形容動詞詞幹}＋だから

【原因】 表示原因、理由。一般用於說話人出於個人主觀理由，進行請求、命令、希望、主張及推測，是種較強烈的意志性表達。

例文 b

雨が降っているから、今日は出かけません。

因為正在下雨，所以今天不出門。

◆ 比較說明 ◆

「し」跟「から」都可表示理由，但「し」暗示還有其他理由，「から」則表示說話人的主觀理由，前後句的因果關係較明顯。

🎧 Track 084

2 ため（に）
(1) 以…為目的，做…、為了…；(2) 因為…所以…

意思 1

【目的】 {名詞の；動詞辭書形}＋ため（に）。表示為了某一目的，而有後面積極努力的動作、行為，前項是後項的目標，如果「ため（に）」前接人物或團體，就表示為其做有益的事。中文意思是：「以…為目的，做…、為了…」。

例文 A

試合に勝つために、一生懸命練習をしています。

為了贏得比賽，正在拚命練習。

【理由】{名詞の；[動詞・形容詞] 普通形；形容動詞詞幹な} ＋
ため（に）。表示由於前項的原因，引起後項不尋常的結果。中文
意思是：「因為⋯所以⋯」。

例文 B

事故のために、電車が遅れている。

由於發生事故，電車將延後抵達。

比較

● ので

因為⋯

接續方法 {[形容詞・動詞] 普通形} ＋ので；{名詞；形容動詞詞幹} ＋
なので

意 思

【原因】 表示原因、理由。前句是原因，後句是因此而發生的事。
「ので」一般用在客觀的自然的因果關係，所以也容易推測出結果。

例文 b

うちの子は勉強が嫌いなので困ります。

我家的孩子討厭讀書，真讓人困擾。

◆ 比較說明 ◆

「ため（に）」跟「ので」都可以表示原因，但「ため（に）」後面
會接一般不太發生，比較不尋常的結果，前接名詞時用「Ｎ＋のた
め（に）」；「ので」後面多半接自然會發生的結果，前接名詞時用
「Ｎ＋なので」。

ため（に）【理由】 例文 B

ので【原因】 例文 b

3 ように

(1) 請…、希望…；(2) 以便…、為了…

接續方法 {動詞辭書形；動詞否定形}＋ように

意思1

【祈求】 表示祈求、願望、希望、勸告或輕微的命令等。有希望成為某狀態，或希望發生某事態，向神明祈求時，常用「動詞ます形＋ますように」。中文意思是：「請…、希望…」。

例文A

明日晴れますように。

祈禱明天是個大晴天。

補 充

〔提醒〕 用在老師提醒學生時或上司提醒部屬時。

例 文

山田さんに、あとで事務所に来るように言ってください。

請轉告山田先生稍後過來事務所一趟。

意思2

【目的】 表示為了實現「ように」前的某目的，而採取後面的行動或手段，以便達到目的。中文意思是：「以便…、為了…」。

例文B

よく眠れるように、牛乳を飲んだ。

為了能夠睡個好覺而喝了牛奶。

比較

● ため（に）

以…為目的，做…、為了…

接續方法 {名詞の；動詞辭書形}＋ため（に）

【目的】 表示為了某一目的，而有後面積極努力的動作、行為，前項是後項的目標，如果「ため（に）」前接人物或團體，就表示為其做有益的事。

例文 b

ダイエットのために、ジムに通う。

為了瘦身，而上健身房運動。

◆ 比較說明 ◆

「ように」跟「ため（に）」都表示目的，但「ように」用在為了某個期待的結果發生，所以前面常接不含人為意志的動詞（自動詞或動詞可能形等）；「ため（に）」用在為了達成某目標，所以前面常接有人為意志的動詞。

🎧 Track 086

4　ようにする
(1) 使其…；(2) 爭取做到…；(3) 設法使…

接續方法 {動詞辭書形；動詞否定形} ＋ようにする

意思1

【目的】 表示對某人或事物，施予某動作，使其起作用。中文意思是：「使其…」。

例文 A

子供が壊さないように、眼鏡を高い所に置いた。

為了避免小孩觸摸，把眼鏡擺在高處了。

【意志】 表示説話人自己將前項的行為、狀況當作目標而努力，或是説話人建議聽話人採取某動作、行為時。中文意思是：「爭取做到…」。

例文B

子供は電車では立つようにしましょう。

小孩在電車上就讓他站著吧。

意思3

【習慣】 如果要表示下決心要把某行為變成習慣，則用「ようにしている」的形式。中文意思是：「設法使…」。

例文C

毎日、自分で料理を作るようにしています。

目前每天都自己做飯。

比較

● ようになる

（變得）…了

接續方法 {動詞辭書形；動詞可能形}＋ようになる

意思

【變化】 表示是能力、狀態、行為的變化。大都含有花費時間，使成為習慣或能力。動詞「なる」表示狀態的改變。

例文c

心配しなくても、そのうちできるようになるよ。

不必擔心，再過一些時候就會了呀。

◆ 比較說明 ◆

「ようにする」表示習慣，指設法做到某件事；「ようになる」表示變化，表示養成了某種習慣、狀態或能力。

ようにする【習慣】	ようになる【變化】
例文 C	例文 c

5 のに
用於…、為了…

接續方法 {動詞辭書形}＋のに；{名詞}＋に

意思1

【目的】是表示將前項詞組名詞化的「の」，加上助詞「に」而來的。表示目的、用途、評價及必要性。中文意思是：「用於…、為了…」。

例文A

N4に合格するのに、どれぐらい時間がいりますか。

若要通過N4測驗，需要花多久時間準備呢？

補充

〖**省略の**〗後接助詞「は」時，常會省略掉「の」。

例文

病気を治すには、時間が必要だ。

治好病，需要時間。

比較

● **ため (に)**

以…為目的，做…、為了…

接續方法 {名詞の；動詞辭書形}＋ため (に)

【目的】 表示為了某一目的，而有後面積極努力的動作、行為，前項是後項的目標，如果「ため（に）」前接人物或團體，就表示為其做有益的事。

例文 a

<ruby>日<rt>に</rt></ruby><ruby>本<rt>ほん</rt></ruby>に<ruby>留<rt>りゅう</rt></ruby><ruby>学<rt>がく</rt></ruby>するため、<ruby>一生懸命<rt>いっしょうけんめい</rt></ruby><ruby>日<rt>に</rt></ruby><ruby>本<rt>ほん</rt></ruby><ruby>語<rt>ご</rt></ruby>を<ruby>勉強<rt>べんきょう</rt></ruby>しています。

為了去日本留學而正在拚命學日語。

◆ 比較說明 ◆

「のに」跟「ため（に）」都表示目的，但「のに」用在「必要、用途、評價」上；「ため（に）」用在「目的、利益」上。另外，「のに」後面要接「使う（使用）、必要だ（必須）、便利だ（方便）、かかる（花[時間、金錢]）」等詞，用法沒有像「ため（に）」那麼自由。

🎧 Track 088

6 とか～とか
(1) 又…又…；(2)…啦…啦、…或…、及…

接續方法 {名詞；[形容詞・形容動詞・動詞] 辭書形}＋とか＋{名詞；[形容詞・形容動詞・動詞] 辭書形}＋とか

意思1

【不明確】 列舉出相反的詞語時，表示說話人不滿對方態度變來變去，或弄不清楚狀況。中文意思是：「又…又…」。

息子夫婦は、子供を産むとか産まないとか言って、もう
7年ぐらいになる。

我兒子跟媳婦一會兒又說要生小孩啦，一會兒又說不生小孩啦，這樣都
過七年了。

意思 2

【列舉】「とか」上接同類型人事物的名詞之後，表示從各種同類
的人事物中選出幾個例子來說，或羅列一些事物，暗示還有其它，
是口語的說法。中文意思是：「…啦…啦、…或…、及…」。

例文 B

寝る前は、コーヒーとかお茶とかを、あまり飲まない
ほうがいいです。

建議睡覺前最好不要喝咖啡或是茶之類的飲料。

補 充

〖只用とか〗 有時「とか」僅出現一次。

例 文

日曜日は家事をします。掃除とか。

星期天通常做家事，譬如打掃之類的。

比較

● たり～たりする

又是…，又是…

接續方法 {動詞た形} ＋り＋{動詞た形} ＋り＋する

意 思

【列舉】可表示動作並列，意指從幾個動作之中，例舉出 2、3 個
有代表性的，並暗示還有其他的。

例文 b

ゆうべのパーティーでは、飲んだり食べたり歌ったり
しました。

在昨晚那場派對上吃吃喝喝又唱了歌。

◆ 比較說明 ◆

「とか～とか」與「たり～たりする」都表示列舉。但「たり」的前面只能接動詞。

MEMO

実力テスト

做對了，往 走，做錯了往 走。

次の文の_____にはどんな言葉を入れたらよいか。1・2から最も適当なものをひとつ選びなさい。

實力測驗
Q 哪一個是正確的？

1
のどが痛い（　　）、鼻水も出る。
1. し　　　　2. から

 2
地震（　　）、電車が止まった。
1. のために　　2. なのに

譯
1. し：不僅…而且…
2. から：因為…

譯
1. のために：因為…
2. なのに：居然…

3
風邪をひかない（　　）、暖かくしたほうがいいよ。
1. ために　　2. ように

 4
宿題をする（　　）5時間もかかった。
1. のに　　　2. ために

譯
1. ために：為了…
2. ように：為了…

譯
1. のに：用於…
2. ために：為了…

5
野菜不足ですね。できるだけ野菜をたくさん食べる（　　）ください。
1. ようにして　2. ようになって

譯
1. ようにして：記得要…
2. ようになって：變得…了

 6
この島には、野菜（　　）果物（　　）おいしいものが、たくさんありますよ。
1. か〜か　　2. とか〜とか

譯
1. か〜か：…或是…或是
2. とか〜とか：…啦…啦

答案：（1）1（2）1（3）2
　　　（4）1（5）1（6）2

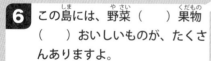

Chapter 10

★ ★ ★ ★ ★

条件、順接と逆接

1 と	7 ても、でも
2 ば	8 けれど（も）、けど
3 たら	9 のに
4 たら～た	
5 なら	
6 たところ	

🎧 **Track 089**

1 と

(1) 一…竟…；(2) 一…就

接續方法 {[名詞・形容詞・形容動詞・動詞] 普通形（只能用在現在形及否定形)} ＋と

意思 1

【契機】 表示指引道路。也就是以前項的事情為契機，發生了後項的事情。中文意思是：「一…竟…」。

例文 A

箱を開けると、人形が入っていた。

打開盒子一看，裡面裝的是玩具娃娃。

意思 2

【條件】 表示陳述人和事物的一般條件關係，常用在機械的使用方法、說明路線、自然的現象及反覆的習慣等情況，此時不能使用表示說話人的意志、請求、命令、許可等語句。中文意思是：「一…就」。

例文 B

春になると、桜が咲きます。

春天一到，櫻花就會綻放。

● たら

要是…、如果要是…了、…了的話

接續方法 {[名詞・形容詞・形容動詞・動詞] た形} ＋ら

意　思

【條件】 表示假定條件，當實現前面的情況時，後面的情況就會實現，但前項會不會成立，實際上還不知道。

例文 b

雨が降ったら、運動会は1週間延びます。

あめ ふ うんどうかい しゅうかん の

如果下雨的話，運動會將延後一週舉行。

◆ 比較說明 ◆

「と」表示條件，通常用在一般事態的條件關係，後面不接表示意志、希望、命令及勸誘等詞；「たら」也表條件，多用在單一狀況的條件關係，跟「と」相比，後項限制較少。

🎧 Track 090

2　ば

(1) 假如…的話；(2) 假如…、如果…就…；(3) 如果…的話

接續方法 {[形容詞・動詞] 假定形；[名詞・形容動詞] 假定形} ＋ば

意思1

【限制】 後接意志或期望等詞，表示後項受到某種條件的限制。中文意思是：「假如…的話」。

時間があれば、明日映画に行きましょう。

有時間的話，我們明天去看電影吧。

意思2

【條件】 後接未實現的事物，表示條件。對特定的人或物，表示對未實現的事物，只要前項成立，後項也當然會成立。前項是焦點，敘述需要的是什麼，後項大多是被期待的事。中文意思是：「假如…、如果…就…」。

例文B

急げば次の電車に間に合います。

假如急著搭電車，還來得及搭下一班。

意思3

【一般條件】 敘述一般客觀事物的條件關係。如果前項成立，後項就一定會成立。中文意思是：「如果…的話」。

例文C

大雪が降れば、学校が休みになる。

若是下大雪，學校就會停課。

補充

〔**諺語**〕 也用在諺語的表現上，表示一般成立的關係。「よし」為「よい」的古語用法。

例文

終わりよければ全てよし、という言葉があります。

有句話叫做：一旦得到好成果，過程如何不重要。

比較

● なら

如果…就…

接續方法 {名詞；形容動詞詞幹；[動詞・形容詞] 辭書形}＋なら

【條件】 表示接受了對方所説的事情、狀態、情況後，説話人提出了意見、勸告、意志、請求等。

例文 c

そんなにおいしいなら、<ruby>私<rt>わたし</rt></ruby>も<ruby>今度<rt>こんど</rt></ruby>その<ruby>店<rt>みせ</rt></ruby>に<ruby>連<rt>つ</rt></ruby>れていってください。

如果真有那麼好吃，下次也請帶我去那家店。

◆ 比較說明 ◆

「ば」表示一般條件，前接用言假定形，表示前項成立，後項就會成立；「なら」表示條件，前接動詞・形容詞終止形、形容動詞詞幹或名詞，指説話人接收了對方説的話後，假設前項要發生，提出意見等。另外，「なら」前接名詞時，也可表示針對某人事物進行説明。

🎧 Track 091

3 たら
(1)…之後、…的時候；(2) 要是…、如果要是…了、…了的話

接續方法 {[名詞・形容詞・形容動詞・動詞] た形} ＋ら

意思1

【契機】 表示確定的未來，知道前項的（將來）一定會成立，以其為契機做後項。中文意思是：「…之後、…的時候」。

病気がなおったら、学校へ行ってもいいよ。

等到病好了以後，可以去上學無妨喔。

意思 2

【假定條件】 表示假定條件，當實現前面的情況時，後面的情況就會實現，但前項會不會成立，實際上還不知道。中文意思是：「要是…、如果要是…了、…了的話」。

例文 B

大学を卒業したら、すぐ働きます。

等到大學畢業以後，我就要立刻就業。

比較

● たら～た

原來…、發現…、才知道…

接續方法 {[名詞・形容詞・形容動詞・動詞]た形}＋ら～た

意　思

【確定條件】 表示説話者完成前項動作後，有了新發現，或是發生了後項的事情。

例文 b

仕事が終わったら、もう9時だった。

工作做完，已經是九點了。

◆ 比較說明 ◆

「たら」表示假定條件；「たら～た」表示確定條件。

たら【假定條件】 例文B

たら〜た【確定條件】 例文b

4 たら〜た
原來…、發現…、才知道…

接續方法 {[名詞・形容詞・形容動詞・動詞] た形}＋ら〜た

意思1

【確定條件】 表示說話者完成前項動作後，有了新發現，或是發生了後項的事情。中文意思是：「原來…、發現…、才知道…」。

例文A

食べすぎたら太った。

暴飲暴食的結果是變胖了。

比較

● と
一…就

接續方法 {[名詞・形容詞・形容動詞・動詞] 普通形（只能用在現在形及否定形)}＋と

意 思

【條件】 表示陳述人和事物的一般條件關係，常用在機械的使用方法、說明路線、自然的現象及反覆的習慣等情況，此時不能使用表示說話人的意志、請求、命令、許可等語句。

例文a

雪が溶けると、春になる。

積雪融化以後就是春天到臨。

「たら~た」表示前項成立後，發生了某事，或說話人新發現了某件事，這時前、後項的主詞不會是同一個；「と」表示前項一成立，就緊接著做某事，或發現了某件事，前、後項的主詞有可能一樣。此外，「と」也可以用在表示一般條件，這時後項就不一定接た形。

たら~た【確定條件】
例文 A

と【條件】
例文 a

🎧 Track 093

5 なら
如果…就…；…的話；要是…的話

接續方法 {名詞；形容動詞詞幹；[動詞・形容詞] 辭書形} ＋なら

意思 1

【條件】 表示接受了對方所說的事情、狀態、情況後，說話人提出了意見、勸告、意志、請求等。中文意思是：「如果…就…」。

例文 A

「この時計(とけい)は 3,000 円(えん)ですよ。」「えっ、そんなに安(やす)いなら、買(か)います。」

「這支手錶只要三千圓喔。」「嗄？既然那麼便宜，我要買一支！」

補充 1

〔先舉例再說明〕 可用於舉出一個事物列為話題，再進行說明。中文意思是：「…的話」。

例　文

中国料理(ちゅうごくりょうり)なら、あの店(みせ)が一番(いちばん)おいしい。

如果要吃中國菜，那家餐廳最好吃。

〖**假定條件－のなら**〗以對方發話內容為前提進行發言時,常會在「なら」的前面加「の」,「の」的口語説法為「ん」。中文意思是:「要是…的話」。

例 文

そんなに眠いんなら、早く寝なさい。

既然那麼睏,趕快去睡覺!

比較

● **たら**

要是…、如果要是…了、…了的話

接續方法 {[名詞・形容詞・形容動詞・動詞] た形} ＋ら

意 思

【條件】表示假定條件,當實現前面的情況時,後面的情況就會實現,但前項會不會成立,實際上還不知道。

例文 a

いい天気だったら、富士山が見えます。

要是天氣好,就可以看到富士山。

◆ 比較說明 ◆

「なら」表示條件,指説話人接收了對方説的話後,假設前項要發生,提出意見等;「たら」也表條件,當實現前面的情況時,後面的情況就會實現,但前項會不會成立,實際上還不知道。

6 たところ
結果…、果然…

接続方法 {動詞た形}＋ところ

意思 1

【結果】 順接用法。表示完成前項動作後，偶然得到後面的結果、消息，含有説話者覺得訝異的語感。或是後項出現了預期中的好結果。前項和後項之間沒有絕對的因果關係。中文意思是：「結果…、果然…」。

例文 A

病院に行ったところ、病気が見つかった。

去到醫院後，被診斷出罹病了。

比較

● たら～た
原來…、發現…、才知道…

接続方法 {[名詞・形容詞・形容動詞・動詞] た形}＋ら～た

意思

【確定條件】 表示説話者完成前項動作後，有了新發現，或是發生了後項的事情。

例文 a

お風呂に入ったら、ぬるかった。

泡進浴缸後才知道水不熱。

◆ 比較説明 ◆

「たところ」表示結果，後項是以前項為契機而成立，或是因為前項才發現的，後面不一定會接た形；「たら～た」表示確定條件，表示前項成立後，發生了某事，或説話人新發現了某件事，後面一定會接た形。

たところ【結果】

例文A

たら～た【確定條件】

例文a

7 ても、でも
即使…也

接續方法 {形容詞く形}＋ても；{動詞て形}＋も；{名詞；形容動詞詞幹}＋でも

意思1

【假定逆接】 表示後項的成立，不受前項的約束，是一種假定逆接表現，後項常用各種意志表現的說法。中文意思是：「即使…也」。

例文A

そんな事は小学生でも知っている。

那種事情連小學生都知道！

補充

〔常接副詞〕 表示假定的事情時，常跟「たとえ（比如）、どんなに（無論如何）、もし（假如）、万が一（萬一）」等副詞一起使用。

例文

たとえ熱があっても、明日の会議には出ます。

就算發燒，我還是會出席明天的會議。

比較

● 疑問詞＋ても、でも
不管（誰、什麼、哪兒）…

接續方法 {疑問詞}＋{形容詞く形}＋ても；{疑問詞}＋{動詞て形}＋も；{疑問詞}＋{名詞；形容動詞詞幹}＋でも

意思

【不論】前面接疑問詞，表示不論什麼場合、什麼條件，都要進行後項，或是都會產生後項的結果。

例文 a

いくら忙しくても、必ず運動します。

我不管再怎麼忙，一定要做運動。

◆ 比較說明 ◆

「ても／でも」表示假定逆接，表示即使前項成立，也不會影響到後項；「疑問詞＋ても／でも」表示不論，表示不管前項是什麼情況，都會進行或產生後項。

ても、でも【假定逆接】
例文 A
小学生でも！

疑問詞＋ても、でも【不論】
例文 a

🎧 Track 096

8 けれど(も)、けど
雖然、可是、但…

接續方法 {[形容詞・形容動詞・動詞] 普通形・丁寧形}＋けれど(も)、けど

【逆接】 逆接用法。表示前項和後項的意思或內容是相反的、對比的。是「が」的口語說法。「けど」語氣上會比「けれど（も）」還來的隨便。中文意思是：「雖然、可是、但…」。

例文A

たくさん寝たけれども、まだ眠い。

儘管已經睡了很久，還是覺得睏。

比較

● **が**

但是…

接續方法 {名詞です（だ）；形容動詞詞幹だ；[形容詞・動詞] 丁寧形（普通形）} ＋ が

意　思

【逆接】 表示連接兩個對立的事物，前句跟後句內容是相對立的。

例文 a

鶏肉は食べますが、牛肉は食べません。

我吃雞肉，但不吃牛肉。

◆ 比較說明 ◆

「けれど（も）」與「が」都表示逆接。「けれど（も）」是「が」的口語說法。

けれど（も）【逆接】　例文A

が【逆接】　例文 a

鶏肉 ○　牛肉 ×

9 のに

(1) 明明…、卻…、但是…;(2) 雖然…、可是…

接續方法 {[名詞・形容動詞]な;[動詞・形容詞]普通形}＋のに

意思1

【對比】 表示前項和後項呈現對比的關係。中文意思是:「明明…、卻…、但是…」。

例文A

兄は静かなのに、弟はにぎやかだ。

哥哥沉默寡言,然而弟弟喋喋不休。

意思2

【逆接】 表示逆接,用於後項結果違反前項的期待,含有説話者驚訝、懷疑、不滿、惋惜等語氣。中文意思是:「雖然…、可是…」。

例文B

働きたいのに、仕事がない。

很想做事,卻找不到工作。

比較

● けれど(も)、けど

雖然、可是、但…

接續方法 {[形容詞・形動容詞・動詞]普通形(丁寧形)}＋けれど(も)、けど

意 思

【逆接】 逆接用法。表示前項和後項的意思或內容是相反的、對比的。是「が」的口語説法。「けど」語氣上會比「けれど(も)」還來的隨便。

例文b

嘘のようだけれども、本当の話です。

聽起來雖然像是編造的,但卻是真實的事件。

「のに」跟「けれど（も）」都表示前、後項是相反的，但要表達結果不符合期待，説話人的不滿、惋惜等心情時，大都用「のに」。

MEMO

実力テスト

做對了，往 走，做錯了往 走。

次の文の＿＿＿＿にはどんな言葉を入れたらよいか。1・2 から最も適当なものをひとつ選びなさい。

實力測驗
Q 哪一個是正確的？

1
夏休みが（　　）、海に行きたい。
1. 来ると　　2. 来たら

譯
1. 来ると：一來…就…
2. 来たら：要是來…的話

2
20 歳に（　　）、お酒が飲める。
1. なれば　　2. なるなら

譯
1. なれば：如果成為…
2. なるなら：如果成為…

3
疲れていたので、布団に（　　）すぐ寝てしまった。
1. 入ったら　　2. 入ると

譯
1. 入ったら：要是鑽進…
2. 入ると：一鑽進…就…

4
天気予報を（　　）、今日は降らないようだ。
1. 見たところ　　2. 見たら

譯
1. 見たところ：看的結果…
2. 見たら：看了之後…

5
いくら（　　）わからなかった。
1. 考えても　　2. 考えれば

譯
1. 考えても：即使想也…
2. 考えれば：想的話

6
高い店（　　）、どうしてこんなにまずいんだろう。
1. なのに　　2. だけど

譯
1. なのに：明明…
2. だけど：雖然…

答案：(1) 2 (2) 1 (3) 2
(4) 1 (5) 1 (6) 1

授受表現

Chapter 11 ★★★★★

1 あげる
2 てあげる
3 さしあげる
4 てさしあげる
5 やる
6 てやる
7 もらう

8 てもらう
9 いただく
10 ていただく
11 くださる
12 てくださる
13 くれる
14 てくれる

🎧 Track 098

1 あげる
給予…、給…

接續方法 {名詞}＋{助詞}＋あげる

意思1

【物品受益－給同輩】 授受物品的表達方式。表示給予人（説話人或説話一方的親友等），給予接受人有利益的事物。句型是「給予人は（が）接受人に～をあげます」。給予人是主語，這時候接受人跟給予人大多是地位、年齡同等的同輩。中文意思是：「給予…、給…」。

例文A

「チョコレートあげる。」「え、本当（ほんとう）に、嬉（うれ）しい。」

「巧克力送你！」「啊，真的嗎？太開心了！」

比較

● **やる**
給予…、給…

接續方法 {名詞}＋{助詞}＋やる

意思

【物品受益－上給下】 授受物品的表達方式。表示給予同輩以下的人，或小孩、動植物有利益的事物。句型是「給予人は（が）接受人に～をやる」。這時候接受人大多為關係親密，且年齡、地位比給予人低。或接受人是動植物。

例文 a

犬にチョコレートをやってはいけない。

不可以餵狗吃巧克力。

◆ 比較說明 ◆

「あげる」跟「やる」都是「給予」的意思，「あげる」基本上用在給同輩東西；「やる」用在給晚輩、小孩或動植物東西。

あげる【物品受益－給同輩】

例文 A

やる【物品受益－上給下】

チョコ

例文 a

🎧Track 099

2 てあげる
（為他人）做…

接續方法 {動詞て形}＋あげる

意思1

【行為受益－為同輩】 表示自己或站在一方的人，為他人做前項利益的行為。基本句型是「給予人は（が）接受人に～を動詞てあげる」。這時候接受人跟給予人大多是地位、年齡同等的同輩。是「てやる」的客氣說法。中文意思是：「（為他人）做…」。

例文 A

おじいさんに道を教えてあげました。

為老爺爺指路了。

● てやる

給…（做…）

接續方法 {動詞て形} ＋やる

意 思

【行為受益－上為下】 表示以施恩或給予利益的心情，為下級或晚輩（或動、植物）做有益的事。

例文 a

息子の8歳の誕生日に、自転車を買ってやるつもりです。
むすこ　はっさい　たんじょうび　じてんしゃ　か

我打算在兒子八歲生日的時候，買一輛腳踏車送他。

◆ 比較說明 ◆

「てあげる」跟「てやる」都是「（為他人）做」的意思，「てあげる」基本上用在為同輩做某事；「てやる」用在為晚輩、小孩或動植物做某事。

てあげる【行為受益－為同輩】 例文A

てやる【行為受益－上為下】 例文a

🎧 Track 100

3 さしあげる

給予…、給…

接續方法 {名詞} ＋ {助詞} ＋さしあげる

意思1

【物品受益－下給上】 授受物品的表達方式。表示下面的人給上面的人物品。句型是「給予人は（が）接受人に～をさしあげる」。給予人是主語，這時候接受人的地位、年齡、身份比給予人高。是一種謙虛的說法。中文意思是：「給予…、給…」。

例文A

彼のご両親に何を差し上げたらいいですか。

該送什麼禮物給男友的父母才好呢？

比較

● いただく

承蒙…、拜領…

接續方法 {名詞}＋{助詞}＋いただく

意 思

【物品受益－上給下】 表示從地位、年齡高的人那裡得到東西。這是以說話人是接受人，且接受人是主語的形式，或說話人站在接受人的角度來表現。句型是「接受人は（が）給予人に～をいただく」。用在給予人身份、地位、年齡比接受人高的時候。比「もらう」說法更謙虛，是「もらう」的謙讓語。

例文a

鈴木先生にいただいたお皿が、割れてしまいました。

把鈴木老師送的盤子弄破了。

◆ 比較說明 ◆

「さしあげる」用在給地位、年齡、身份較高的對象東西；「いただく」用在說話人從地位、年齡、身份較高的對象那裡得到東西。

さしあげる【物品受益－下給上】
例文A

いただく【物品受益－上給下】
例文a

4 てさしあげる

（為他人）做…

接續方法 {動詞て形}＋さしあげる

意思1

【行為受益－下為上】 表示自己或站在自己一方的人，為他人做前項有益的行為。基本句型是「給予人は（が）接受人に～を動詞てさしあげる」。給予人是主語。這時候接受人的地位、年齡、身份比給予人高。是「てあげる」更謙虛的說法。由於有將善意行為強加於人的感覺，所以直接對上面的人說話時，最好改用「お～します」，但不是直接當面說就沒關係。中文意思是：「（為他人）做…」。

例文A

お客様にお茶をいれて差し上げてください。

請為貴賓奉上茶。

比較

● ていただく

承蒙…

接續方法 {動詞て形}＋いただく

意思

【行為受益－上為下】 表示接受人請求給予人做某行為，且對那一行為帶著感謝的心情。這是以說話人站在接受人的角度來表現。用在給予人身份、地位、年齡都比接受人高的時候。句型是「接受人は（が）給予人に（から）～を動詞ていただく」。這是「てもらう」的自謙形式。

例文a

花子は先生に推薦状を書いていただきました。

花子請老師寫了推薦函。

「てさしあげる」用在為地位、年齡、身份較高的對象做某事；「ていただく」用在他人替說話人做某事，而這個人的地位、年齡、身份比說話人還高。

🎧 Track 102

5 やる
給予…、給…

接續方法 {名詞} + {助詞} + やる

意思1

【物品受益－上給下】 授受物品的表達方式。表示給予同輩以下的人，或小孩、動植物有利益的事物。句型是「給予人は（が）接受人に～をやる」。這時候接受人大多為關係親密，且年齡、地位比給予人低。或接受人是動植物。中文意思是：「給予…、給…」。

例文 A

赤ちゃんにミルクをやる。

餵小寶寶喝奶。

比較

● さしあげる
　　給予…、給…

接續方法 {名詞} + {助詞} + さしあげる

【物品受益－下給上】 授受物品的表達方式。表示下面的人給上面的人物品。句型是「給予人は（が）接受人に～をさしあげる」。給予人是主語，這時候接受人的地位、年齡、身份比給予人高。是一種謙虛的説法。

例文 a

わたし まいとしせんせい ねん が じょう
私は毎年先生に年賀状をさしあげます。

我每年都寫賀年卡給老師。

◆ 比較説明 ◆

「やる」用在接受者是動植物，也用在家庭內部的授受事件；「さしあげる」用在接受東西的人是尊長的情況下。

やる【物品受益－上給下】
例文 A

さしあげる【物品受益－下給上】
例文 a

🎧 Track 103

6 てやる
(1) 一定…；(2) 給…（做…）

接續方法 {動詞て形} ＋やる

意思 1

【意志】 由於説話人的憤怒、憎恨或不服氣等心情，而做讓對方有些困擾的事，或説話人展現積極意志時使用。中文意思是：「一定…」。

例文 A

こ とし だいがく ごうかく
今年は大学に合格してやる。

今年一定要考上大學！

【行為受益－上為下】 表示以施恩或給予利益的心情，為下級或晚輩（或動、植物）做有益的事。中文意思是：「給…（做…）」。

例文B

娘に英語を教えてやりました。

給女兒教了英語。

比較

● てもらう

（我）請（某人為我做）…

接續方法 {動詞て形}＋もらう

意 思

【行為受益－同輩、晚輩】 表示請求別人做某行為，且對那一行為帶著感謝的心情。也就是接受人由於給予人的行為，而得到恩惠、利益。一般是接受人請求給予人採取某種行為的。這時候接受人跟給予人大多是地位、年齡同等的同輩。句型是「**接受人は（が）給予人に（から）～を動詞てもらう**」。或給予人也可以是晚輩。

例文b

友達にお金を貸してもらった。

向朋友借了錢。

◆ 比較說明 ◆

「てやる」給對方施恩，為對方做某種有益的事；「てもらう」表示人物 X 從人物 Y（親友等）那裡得到某物品。

7 もらう
接受…、取得…、從…那兒得到…

接續方法 {名詞}＋{助詞}＋もらう

意思1

【物品受益－同輩、晩輩】 表示接受別人給的東西。這是以説話人是接受人，且接受人是主語的形式，或説話人站是在接受人的角度來表現。句型是「接受人は（が）給予人に～をもらう」。這時候接受人跟給予人大多是地位、年齡相當的同輩。或給予人也可以是晩輩。中文意思是：「接受…、取得…、從…那兒得到…」。

例文A

妹は友達にお菓子をもらった。

妹妹的朋友給了她糖果。

比較
● くれる
給…

接續方法 {名詞}＋{助詞}＋くれる

意思

【物品受益－同輩、晩輩】 表示他人給説話人（或説話一方）物品。這時候接受人跟給予人大多是地位、年齡相當的同輩。句型是「給予人は（が）接受人に～をくれる」。給予人是主語，而接受人是説話人，或説話人一方的人（家人）。給予人也可以是晩輩。

例文a

娘が私に誕生日プレゼントをくれました。

女兒送給我生日禮物。

◆ 比較說明 ◆

「もらう」用在從同輩、晩輩那裡得到東西；「くれる」用在同輩、晩輩給我（或我方）東西。

もらう【物品受益－同輩、晩輩】
例文 A

くれる【物品受益－同輩、晩輩】
例文 a

8 てもらう
（我）請（某人為我做）…

接續方法 {動詞て形}＋もらう

意思 1

【行為受益－同輩、晩輩】 表示請求別人做某行為，且對那一行為帶著感謝的心情。也就是接受人由於給予人的行為，而得到恩惠、利益。一般是接受人請求給予人採取某種行為的。這時候接受人跟給予人大多是地位、年齡同等的同輩。句型是「**接受人は（が）給予人に（から）～を動詞てもらう**」。或給予人也可以是晩輩。中文意思是：「（我）請（某人為我做）…」。

例文 A

留学生（りゅうがくせい）に英語（えいご）を教（おし）えてもらいます。

請留學生教我英文。

比較

● **てくれる**
（為我）做…

接續方法 {動詞て形}＋くれる

意思

【行為受益－同輩】 表示他人為我，或為我方的人做前項有益的事，用在帶著感謝的心情，接受別人的行為，此時接受人跟給予人大多是地位、年齡同等的同輩。

例文 a

同僚がアドバイスをしてくれた。

どうりょう

同事給了我意見。

◆ **比較説明** ◆

「てもらう」用「接受人は（が）給予人に（から）～を～てもらう」句型，表示他人替接受人做某事，而這個人通常是接受人的同輩、晚輩或親密的人；「てくれる」用「給予人は（が）接受人に～を～てくれる」句型，表示同輩、晚輩或親密的人為我（或我方）做某事。

てもらう【行為受益－同輩、晚輩】

例文A

てくれる【行為受益－同輩】

例文a

🎧 Track 106

9 いただく

承蒙…、拜領…

接續方法 {名詞} ＋ {助詞} ＋いただく

意思1

【物品受益－上給下】 表示從地位、年齡高的人那裡得到東西。這是以說話人是接受人，且接受人是主語的形式，或說話人站在接受人的角度來表現。句型是「接受人は（が）給予人に～をいただく」。用在給予人身份、地位、年齡比接受人高的時候。比「もらう」說法更謙虛，是「もらう」的謙讓語。中文意思是：「承蒙…、拜領…」。

例文A

先生の奥様にすてきなセーターをいただきました。

せんせい　おくさま

師母送了我一件上等的毛衣。

● もらう

接受⋯、取得⋯、從⋯那兒得到⋯

接續方法 {名詞}＋{助詞}＋もらう

意 思

【物品受益－同輩、晚輩】 表示接受別人給的東西。這是以說
話人是接受人，且接受人是主語的形式，或說話人是站在接受人的
角度來表現。句型是「接受人は（が）給予人に～をもらう」。這
時候接受人跟給予人大多是地位、年齡相當的同輩。或給予人也可
以是晚輩。

例文 a

私は次郎さんに花をもらいました。

我收到了次郎給的花。

◆ 比較說明 ◆

「いただく」與「もらう」都表示接受、取得、從那兒得到。但「い
ただく」用在說話人從地位、年齡、身分較高的對象那裡得到的東
西；「もらう」用在從同輩、晚輩那裡得到東西。

いただく【物品受益－上給下】

例文A

もらう【物品受益－同輩、晚輩】

例文a

🎧 Track 107

10 ていただく

承蒙⋯

接續方法 {動詞て形}＋いただく

【行為受益－上為下】 表示接受人請求給予人做某行為，且對那一行為帶著感謝的心情。這是以説話人站在接受人的角度來表現。用在給予人身份、地位、年齡都比接受人高的時候。句型是「接受人は（が）給予人に（から）～を動詞ていただく」。這是「てもらう」的自謙形式。中文意思是：「承蒙…」。

例文A

私は田中さんに京都へつれて行っていただきました。

田中先生帶我一起去了京都。

比較

● てさしあげる

（為他人）做…

接續方法 {動詞て形}＋さしあげる

意思

【行為受益－下為上】 表示自己或站在自己一方的人，為他人做前項有益的行為。基本句型是「給予人は（が）接受人に～を動詞てさしあげる」。給予人是主語。這時候接受人的地位、年齡、身份比給予人高。是「てあげる」更謙虛的説法。由於有將善意行為強加於人的感覺，所以直接對上面的人説話時，最好改用「お～します」，但不是直接當面説就沒關係。

例文a

私は先生の車を車庫に入れてさしあげました。

我幫老師把車停進了車庫。

◆ 比較說明 ◆

「ていただく」用在他人替説話人做某事，而這個人的地位、年齡、身分比説話人還高；「てさしあげる」用在為地位、年齡、身分較高的對象做某事。

ていただく【行為受益－上為下】

例文A

さしあげる【行為受益－下為上】

例文a

🎧 Track 108

11 くださる
給…、贈…

接續方法 {名詞}＋{助詞}＋くださる

意思1

【物品受益－上給下】 對上級或長輩給自己（或自己一方）東西的恭敬説法。這時候給予人的身份、地位、年齡要比接受人高。句型是「給予人は（が）接受人に～をくださる」。給予人是主語，而接受人是説話人，或説話人一方的人（家人）。中文意思是：「給…、贈…」。

例文A

先生がご自分の書かれた本をくださいました。

老師將親自撰寫的大作送給了我。

比較

● さしあげる
給予…、給…

接續方法 {名詞}＋{助詞}＋さしあげる

意思

【物品受益－下給上】 授受物品的表達方式。表示下面的人給上面的人物品。句型是「給予人は（が）接受人に～をさしあげる」。給予人是主語，這時候接受人的地位、年齡、身份比給予人高。是一種謙虛的説法。

退職する先輩に記念品を差し上げた。

贈送了紀念禮物給即將離職的前輩。

◆ **比較說明** ◆

「くださる」用「給予人は（が）接受人に～をくださる」句型，表示身份、地位、年齡較高的人給予我（或我方）東西；「さしあげる」用「給予人は（が）接受人に～をさしあげる」句型，表示給予身份、地位、年齡較高的對象東西。

くださる【物品受益－上給下】

例文 A

さしあげる【物品受益－下給上】

例文 a

🎧 **Track 109**

12 てくださる
（為我）做…

接續方法 {動詞て形}＋くださる

意思 1

【行為受益－上為下】是「てくれる」的尊敬說法。 表示他人為我，或為我方的人做前項有益的事，用在帶著感謝的心情，接受別人的行為時，此時給予人的身份、地位、年齡要比接受人高。中文意思是：「（為我）做…」。

例文 A

先生、私の作文を見てくださいませんか。

老師，可以請您批改我的作文嗎？

〖**主語＝給予人；接受方＝說話人**〗 常用「給予人は（が）接受人に（を・の…）～を動詞てくださる」之句型，此時給予人是主語，而接受人是說話人，或說話人一方的人。

例　文

結婚式で、社長が私たちに歌を歌ってくださいました。

在結婚典禮上，總經理為我們唱了一首歌。

比較

● てくれる

（為我）做…

接續方法 {動詞て形}＋くれる

意　思

【**行為受益－同輩**】 表示他人為我，或為我方的人做前項有益的事，用在帶著感謝的心情，接受別人的行為，此時接受人跟給予人大多是地位、年齡同等的同輩。

例文 a

田中さんが仕事を手伝ってくれました。

田中先生幫了我工作上的忙。

◆ 比較說明 ◆

「てくださる」表示身份、地位、年齡較高的對象為我（或我方）做某事；「てくれる」表示同輩、晚輩為我（或我方）做某事。

てくださる【行為受益－上為下】　例文 A

てくれる【行為受益－同輩】　例文 a

13 くれる
給…

接續方法 {名詞}＋{助詞}＋くれる

意思1

【物品受益－同輩、晩輩】 表示他人給説話人（或説話一方）物品。這時候接受人跟給予人大多是地位、年齡相當的同輩。句型是「給予人は（が）接受人に～をくれる」。給予人是主語，而接受人是説話人，或説話人一方的人（家人）。給予人也可以是晩輩。中文意思是：「給…」。

例文A

マリーさんがくれた国のお土産は、コーヒーでした。

瑪麗小姐送我的故鄉伴手禮是咖啡。

比較

● やる
給予…、給…

接續方法 {名詞}＋{助詞}＋やる

意思

【物品受益－上給下】 授受物品的表達方式。表示給予同輩以下的人，或小孩、動植物有利益的事物。句型是「給予人は（が）接受人に～をやる」。這時候接受人大多為關係親密，且年齡、地位比給予人低。或接受人是動植物。

例文a

小鳥には、何をやったらいいですか。

該餵什麼給小鳥吃才好呢？

◆ 比較說明 ◆

「くれる」用在同輩、晩輩給我（或我方）東西；「やる」用在給晩輩、小孩或動植物東西。

14 てくれる
（為我）做…

接續方法 {動詞て形} ＋くれる

意思 1

【行為受益－同輩】 表示他人為我，或為我方的人做前項有益的事，用在帶著感謝的心情，接受別人的行為，此時接受人跟給予人大多是地位、年齡同等的同輩。中文意思是：「（為我）做…」。

例文 A

小林さんが日本料理を作ってくれました。

小林先生為我們做了日本料理。

補充 1

〖**行為受益－晚輩**〗給予人也可能是晚輩。

例 文

子供たちも、私の作った料理は「おいしい」と言ってくれました。

孩子們稱讚了我做的菜「很好吃」。

補充 2

〖**主語＝給予人；接受方＝說話人**〗常用「給予人は（が）接受人に～を動詞てくれる」之句型，此時給予人是主語，而接受人是說話人，或說話人一方的人。

林さんは私に自転車を貸してくれました。

林小姐把腳踏車借給了我。

比較

● てくださる
（為我）做…

接續方法 {動詞て形}＋くださる

意　思

【行為受益－上為下】 是「てくれる」的尊敬説法。 表示他人為我，或為我方的人做前項有益的事，用在帶著感謝的心情，接受別人的行為時，此時給予人的身份、地位、年齡要比接受人高。

例文 a

先生がいい仕事を紹介してくださった。

老師介紹了一份好工作給我。

◆ 比較說明 ◆

「てくれる」與「てくださる」都表示他人為我做某事。「てくれる」用在同輩、晚輩為我（或我方）做某事；「てくださる」用在身分、地位、年齡較高的人為我（或我方）做某事。

実力テスト

做對了，往 😊 走，做錯了往 ✖ 走。

次の文の＿＿＿＿にはどんな言葉を入れたらよいか。1・2から最も適当なものをひとつ選びなさい。

實力測驗
Q 哪一個是正確的？

1 私はカレに手編みのマフラーを（　　）。
1. あげました　　2. やりました

譯
1. あげました：送了
2. やりました：給了

2 私はカレに肉じゃがを作っ（　　）。
1. てあげました
2. てやりました

譯
1. てあげました：(為)…做了…
2. てやりました：(為)…做了…

3 私は先生から、役に立ちそうな本を（　　）。
1. 差し上げました
2. いただきました

譯
1. 差し上げました：敬獻給了
2. いただきました：收到了

4 先生に分からない問題を教え（　　）。
1. て差し上げました
2. ていただきました

譯
1. て差し上げました：(為)…做了…
2. ていただきました：承蒙…了

5 浦島太郎は乙姫様から玉手箱を（　　）。
1. もらいました　2. くれました

譯
1. もらいました：得到了
2. くれました：給了

6 倉田さんが見舞いに（　　）。
1. 来てもらった
2. 来てくれた

譯
1. 来てもらった：請(某人為我)來…
2. 来てくれた：(為我)來…

7 あなたにこれを（　　）。
1. くださいましょう
2. 差し上げましょう

8 この手袋は姉が買って（　　）。
1. くださいました
2. くれました

譯
1. くださいましょう：給…吧
2. 差し上げましょう：奉送給…吧

譯
1. くださいました：給了
2. くれました：給了

答案：(1) 1　(2) 1　(3) 2
(4) 2　(5) 1　(6) 2
(7) 2　(8) 2

Chapter

12

★★★★★

受身、使役、使役受身と敬語

1 （ら）れる
2 （さ）せる
3 （さ）せられる
4 名詞＋でございます
5 （ら）れる
6 お／ご＋名詞

7 お／ご～になる
8 お／ご～する
9 お／ご～いたす
10 お／ご～ください
11 （さ）せてください

🎧 **Track 112**

1 （ら）れる
(1) 在…；(2) 被…；(3) 被…

接續方法 {［一段動詞・カ變動詞］被動形}＋られる；{五段動詞被動形；サ變動詞被動形さ}＋れる

意思1

【客觀說明】 表示社會活動等普遍為大家知道的事，是種客觀的事實描述。中文意思是：「在…」。

例文A

そつぎょうしき　　　　がつ　おこな
卒業式は３月に行われます。

畢業典禮將於三月舉行。

意思2

【間接被動】 由於某人的行為或天氣等自然現象的作用，而間接受到麻煩（受害或被打擾）。中文意思是：「被…」。

例文B

でんしゃ　だれ　　　　あし
電車で誰かに足をふまれました。

在電車上被某個人踩了腳。

意思3

【直接被動】 表示某人直接承受到別人的動作。中文意思是：「被…」。

警察に住所と名前を聞かれた。

被警察詢問了住址和姓名。

比較

● （さ）せる

讓…、叫…、令…

接續方法 {[一段動詞・力變動詞] 使役形；サ變動詞詞幹}＋させる；
{五段動詞使役形}＋せる

意 思

【強制】 表示某人強迫他人做某事，由於具有強迫性，只適用於長輩對晚輩或同輩之間。

例文 c

子供にもっと勉強させるため、塾に行かせることにした。

為了讓孩子多讀一點書，我讓他去上補習班了。

◆ 比較說明 ◆

「（ら）れる」（被…）表示「被動」，指某人承受他人施加的動作；
「（さ）せる」（讓…）是「使役」用法，指某人強迫他人做某事。

2 （さ）せる
(1) 把…給；(2) 讓…、隨…、請允許…；(3) 讓…、叫…、令…

接續方法 {[一段動詞・力變動詞] 使役形；サ變動詞詞幹}＋させる；
{五段動詞使役形}＋せる

意思1

【誘發】 表示某人用言行促使他人自然地做某種行為，常搭配「泣く（哭）、笑う（笑）、怒る（生氣）」等當事人難以控制的情緒動詞。中文意思是：「把…給」。

例文A

父はいつも家族みんなを笑わせる。

爸爸總是逗得全家人哈哈大笑。

意思2

【許可】 以「させておく」形式，表示允許或放任。中文意思是：「讓…、隨…、請允許…」。

例文B

バスに乗る前にトイレはすませておいてください。

搭乘巴士之前請先去洗手間。也表示婉轉地請求承認。

意思3

【強制】 表示某人強迫他人做某事，由於具有強迫性，只適用於長輩對晚輩或同輩之間。中文意思是：「讓…、叫…、令…」。

例文C

母は子供に野菜を食べさせました。

媽媽強迫小孩吃了蔬菜。

比較

● （さ）せられる
被迫…、不得已…

接續方法 {動詞使役形}＋（さ）せられる

【被迫】 表示被迫。被某人或某事物強迫做某動作，且不得不做。含有不情願、感到受害的心情。這是從使役句的「X が Y に N を V-させる」變成為「Y が X に N を V-させられる」來的，表示 Y 被 X 強迫做某動作。

例文 c

<ruby>納豆<rt>なっとう</rt></ruby>は<ruby>嫌<rt>きら</rt></ruby>いなのに、<ruby>栄養<rt>えいよう</rt></ruby>があるからと<ruby>食<rt>た</rt></ruby>べさせられた。

雖然他討厭納豆，但是因為有營養，所以還是讓他吃了。

◆ 比較說明 ◆

「（さ）せる」（讓…）是「使役」用法，指某人強迫他人做某事；「（さ）せられる」（被迫…）是「使役被動」用法，表示被某人強迫做某事。

（さ）せる【強制】

例文 c

（さ）せられる【被迫】

例文 c

🎧 Track 114

3 （さ）せられる
被迫…、不得已…

接續方法 {動詞使役形}＋（さ）せられる

意思1

【被迫】 表示被迫。被某人或某事物強迫做某動作，且不得不做。含有不情願、感到受害的心情。這是從使役句的「X が Y に N を V-させる」變成為「Y が X に N を V-させられる」來的，表示 Y 被 X 強迫做某動作。中文意思是：「被迫…、不得已…」。

会長に、ビールを飲ませられた。
かいちょう の

被會長強迫喝了啤酒。

比較
● させてもらう
請允許我…、請讓我…

接續方法 {動詞使役形}＋もらう

意 思

【許可】 使役形跟表示請求的「させてもらう」表示請求允許的意思。

例文 a

詳しい説明をさせてもらえませんか。
くわ せつめい

可以容我做詳細的說明嗎？

◆ 比較說明 ◆

「（さ）せられる」表示被迫，表示人物 Y 被人物 X 強迫做不願意做的事；「させてもらう」表示許可，表示由於對方允許自己的請求，讓自己得到恩惠或從中受益的意思。

4 名詞＋でございます
是…

接續方法 {名詞}＋でございます

意思1

【斷定】「です」是「だ」的鄭重語，而「でございます」是比「です」更鄭重的表達方式。日語除了尊敬語跟謙讓語之外，還有一種叫鄭重語。鄭重語用於和長輩或不熟的對象交談時，也可用在車站、百貨公司等公共場合。相較於尊敬語用於對動作的行為者表示尊敬，鄭重語則是對聽話人表示尊敬。中文意思是：「是…」。

例文A

はい、山田でございます。

您好，敝姓山田。

補充

〖あります的鄭重表現〗除了是「です」的鄭重表達方式之外，也是「あります」的鄭重表達方式。

例文

子供服売り場は、４階にございます。

兒童服飾專櫃位於四樓。

比較

● です

接續方法 {名；形容動詞詞幹；形容詞普通形}＋です

意思

【斷定・說明】以禮貌的語氣，表示對主題的斷定，或對狀態進行說明。

例文a

これは箱です。

這是箱子。

「でございます」是比「です」還鄭重的語詞，主要用在接待貴賓、公共廣播等狀況。如果只是跟長輩、公司同事有禮貌地對談，一般用「です」就行了。

🎧 Track 116

5 （ら）れる

接續方法 {[一段動詞・カ變動詞] 被動形}＋られる；{五段動詞被動形；サ變動詞被動形さ}＋れる

意思 1

【尊敬】 表示對對方或話題人物的尊敬，就是在表敬意之對象的動作上用尊敬助動詞。尊敬程度低於「お～になる」。

例文 A

今年はもう花見に行かれましたか。

您今年已經去賞過櫻花了嗎？

比較

● お～になる

接續方法 お＋{動詞ます形}＋になる；ご＋{サ變動詞詞幹}＋になる

意 思

【尊敬】 動詞尊敬語的形式，比「（ら）れる」的尊敬程度要高。表示對對方或話題中提到的人物的尊敬，這是為了表示敬意而抬高對方行為的表現方式，所以「お～になる」中間接的就是對方的動作。

先生の奥さんがお倒れになったそうです。

聽說師母病倒了。

◆ 比較說明 ◆

「（ら）れる」跟「お〜になる」都是尊敬語，用在抬高對方行為，以表示對他人的尊敬，但「お〜になる」的尊敬程度比「（ら）れる」高。

🎧 Track 117

6 お／ご＋名詞
您…、貴…

接續方法 お＋{名詞}；ご＋{名詞}

意思 1

【尊敬】 後接名詞（跟對方有關的行為、狀態或所有物），表示尊敬、鄭重、親愛，另外，還有習慣用法等意思。基本上，名詞如果是日本原有的和語就接「お」，如「お仕事（您的工作）、お名前（您的姓名）」。中文意思是：「您…、貴…」。

例文 A

こちらにお名前をお書きください。

請在這裡留下您的大名。

補充 1

〖ご＋中國漢語〗 如果是中國漢語則接「ご」如「ご住所（您的住址）、ご兄弟（您的兄弟姊妹）」。

田中社長はご病気で、お休みです。

田中總經理身體不適，目前正在靜養。

〔**例外**〕 但是接中國漢語也有例外情況。

1 日に 2 リットルのお水を飲みましょう。

建議每天喝個 2000cc 的水吧！

● お／ご～いたす

我為您（們）做…

接續方法 お＋{動詞ます形}＋いたす；ご＋{サ變動詞詞幹}＋いたす

【**謙讓**】 這是比「お～する」語氣上更謙和的謙讓形式。對要表示尊敬的人，透過降低自己或自己這一邊的人的説法，以提高對方地位，來向對方表示尊敬。

資料は私が来週の月曜日にお届けいたします。

我下週一會將資料送達。

「お／ご＋名詞」表示尊敬，「お／ご～いたす」表示謙讓。「お／ご＋名詞」的「お／ご」後面接名詞；「お／ご～いたす」的「お／ご」後面接動詞ます形或サ變動詞詞幹。

来週の
月曜日に

🎧 Track 118

7 お／ご〜になる

接續方法 お＋{動詞ます形}＋になる；ご＋{サ變動詞詞幹}＋になる

意思1

【尊敬】 動詞尊敬語的形式，比「（ら）れる」的尊敬程度要高。表示對對方或話題中提到的人物的尊敬，這是為了表示敬意而抬高對方行為的表現方式，所以「お〜になる」中間接的就是對方的動作。

例文A

社長は、もうお帰りになったそうです。

總經理似乎已經回去了。

補 充

〖ご＋サ変動詞＋になる〗 當動詞為サ行變格動詞時，用「ご〜になる」的形式。

例 文

部長、これをご使用になりますか。

部長，這個您是否需要使用？

比較

● **お〜する**

我為您（們）做…

接續方法 お＋{動詞ます形}＋する

【謙讓】 表示動詞的謙讓形式。對要表示尊敬的人,透過降低自己或自己這一邊的人,以提高對方地位,來向對方表示尊敬。

例文 a

2、3日中に電話でお知らせします。

這兩三天之內會以電話通知您。

◆ 比較說明 ◆

「お/ご～になる」是表示動詞的尊敬語形式;「お～する」是表示動詞的謙讓語形式。

お/ご～になる【尊敬】
例文 A

お～する【謙讓】
例文 a

Track 119

8 お/ご～する
我為您(們)做…

接續方法 お+{動詞ます形}+する;ご+{サ變動詞詞幹}+する

意思1

【謙讓】 表示動詞的謙讓形式。對要表示尊敬的人,透過降低自己或自己這一邊的人,以提高對方地位,來向對方表示尊敬。中文意思是:「我為您(們)做…」。

例文 A

私が荷物をお持ちします。

行李請交給我代為搬運。

〖ご＋サ変動詞＋する〗 當動詞為サ行變格動詞時，用「ご～する」的形式。

例 文

英語と中国語で、ご説明します。

請容我使用英文和中文為您說明。

比較

● お／ご～いたす

我為您（們）做…

接續方法 お＋{動詞ます形}＋いたす；ご＋{サ變動詞詞幹}＋いたす

意 思

【謙讓】 這是比「お～する」語氣上更謙和的謙讓形式。對要表示尊敬的人，透過降低自己或自己這一邊的人的說法，以提高對方地位，來向對方表示尊敬。

例文 a

会議室へご案内いたします。

請隨我到會議室。

◆ 比較說明 ◆

「お～する」跟「お～いたす」都是謙讓語，用在降低我方地位，以對對方表示尊敬，但語氣上「お～いたす」是比「お～する」更謙和的表達方式。

お／ご～する【謙讓】

例文 A

お／ご～いたす【謙讓】

例文 a

9 お／ご〜いたす
我為您（們）做…

接續方法 お＋{動詞ます形}＋いたす；ご＋{サ變動詞詞幹}＋いたす

意思1

【謙讓】 這是比「お〜する」語氣上更謙和的謙讓形式。對要表示尊敬的人，透過降低自己或自己這一邊的人的説法，以提高對方地位，來向對方表示尊敬。中文意思是：「我為您（們）做…」。

例文A

これからもよろしくお願いいたします。

往後也請多多指教。

補充

〚ご＋サ変動詞＋いたす〛 當動詞為サ行變格動詞時，用「ご〜いたす」的形式。

例文

会議の資料は、こちらでご用意いたします。

會議資料將由我方妥善準備。

比較

● お／ご〜いただく
懇請您…

接續方法 お＋{動詞ます形}＋いただく；ご＋{サ變動詞詞幹}＋いただく

意思

【謙讓】 表示禮貌地請求對方做某事的謙讓表現。謙讓表現。

例文a

以上、ご理解いただけましたでしょうか。

以上，您是否理解了。

◆ 比較說明 ◆

「お～いたす」是自謙的表達方式。通過自謙的方式表示對對方的尊敬，表示自己為對方做某事；「お～いただく」是一種更顯禮貌鄭重的自謙表達方式。是禮貌地請求對方做某事。

お／ご～いたす【謙讓】

例文 A

お／ご～いただく【謙讓】

例文 a

🎧 **Track 121**

10 お／ご～ください
請…

接續方法 お＋{動詞ます形}＋ください；ご＋{サ變動詞詞幹}＋ください

意思 1

【尊敬】 尊敬程度比「てください」要高。「ください」是「くださる」的命令形「くだされ」演變而來的。用在對客人、屬下對上司的請求，表示敬意而抬高對方行為的表現方式。中文意思是：「請…」。

例文 A

どうぞ、こちらにおかけください。

這邊請，您請坐。

補充 1

〖ご＋サ変動詞＋ください〗 當動詞為サ行變格動詞時，用「ご～ください」的形式。

では、詳しくご説明ください。

那麼，請您詳細說明！

〔**無法使用**〕「する（上面無接漢字，單獨使用的時候）」跟「来る」無法使用這個文法。

● てください

請…

接續方法 {動詞て形}＋ください

意　思

【**請求－動作**】 表示請求、指示或命令某人做某事。一般常用在老師對學生、上司對部屬、醫生對病人等指示、命令的時候。

食事の前に手を洗ってください。

用餐前請先洗手。

◆ 比較說明 ◆

「お～ください」跟「てください」都表示請託或指示，但「お～ください」的說法比「てください」更尊敬，主要用在上司、客人身上；「てください」則是一般有禮貌的說法。

11 （さ）せてください
請允許…、請讓…做…

接續方法 {動詞使役形；サ變動詞詞幹} ＋（さ）せてください

意思 1

【謙讓－請求允許】 表示「我請對方允許我做前項」之意，是客氣地請求對方允許、承認的説法。用在當説話人想做某事，而那一動作一般跟對方有關的時候。中文意思是：「請允許…、請讓…做…」。

例文 A

ここに荷物を置かせてください。

請讓我把包裹放在這裡。

比較

● てください
請…

接續方法 {動詞て形} ＋ください

意思

【請求－動作】 表示請求、指示或命令某人做某事。一般常用在老師對學生、上司對部屬、醫生對病人等指示、命令的時候。

例文 a

大きな声で読んでください。

請大聲朗讀。

◆ 比較説明 ◆

「（さ）せてください」表示客氣地請對方允許自己做某事，所以「做」的人是説話人；「てください」表示請對方做某事，所以「做」的人是聽話人。

（さ）せてください
【謙譲―請求允許】

例文A

ここ
↓

てください
【請求―動作】

例文a

MEMO

12 実力テスト 做對了，往😊走，做錯了往❌走。

次の文の＿＿＿＿にはどんな言葉を入れたらよいか。1・2から最も適当なものをひとつ選びなさい。

實力測驗
Q 哪一個是正確的？

1
財布を泥棒に（　　）。
1. 盗まれた　　2. 盗ませた

譯
1. 盗まれた：被…偷走了
2. 盗ませた：讓…偷走了

2
帽子が風に（　　）。
1. 飛ばせた　　2. 飛ばされた

譯
1. 飛ばせた：讓…吹走了
2. 飛ばされた：被…吹走了

3
（同僚に）これ、今日の会議で使う資料（　　）。
1. でございます　　2. です

譯
1. でございます：是
2. です：是

4
明日、こちらから（　　）。
1. ご電話します
2. お電話いたします

譯
1. ご電話します：X
2. お電話いたします：致電

5
こちらに（　　）ください。
1. お来て　　2. 来て

譯
1. お来て：X
2. 来て：來

6
お父さん。結婚する相手は、自分で決め（　　）。
1. させてください
2. てください

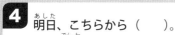

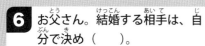

譯
1. させてください：請讓我…
2. てください：請…

答案：（1）1 （2）2 （3）2
　　　（4）2 （5）2 （6）1

あ

ああ　30
あげる　166
あんな　28
いただく　176
お／ご〜いたす　198
お／ご〜ください　199
お／ご〜する　196
お／ご〜になる　195
お／ご＋名詞　193
おわる　135

か

が　36
疑問詞＋〜か　13
かい　14
がする　85
かどうか　86
かもしれない　91
がる（がらない）　70
くださる　179
くれる　182
けれど（も）、けど　161
こう　25
こと　35
ことがある　94
ことができる　95
ことにする　65

ことになる　116
こんな　24

さ

さ　32
さしあげる　168
（さ）せてください　201
（さ）せられる　189
（さ）せる　188
し　140
すぎる　101
ず（に）　122
そう　29
そう　80
そうだ　104
そんな　26

た

だい　16
たがる（たがらない）　72
たことがある　121
だす　128
たところ　159
たところだ　132
ため（に）　141
たら　154
たら〜た　156
だろう　87

（だろう）とおもう........89
ちゃ、ちゃう........37
つづける........136
つもりだ........67
てあげる........167
ていく........113
ていただく........177
ているところだ........130
ておく........125
てくださる........180
てくる........115
てくれる........183
名詞＋でございます........191
てさしあげる........170
てしまう........133
てはいけない........47
てほしい........69
てみる........58
ても、でも........160
疑問詞＋ても、でも........11
でも........20
疑問詞＋でも........10
てもいい........41
てもかまわない........44
てもらう........175
てやる........172
と........151
といい........74
という........106
ということだ........107
とおもう........90

とか～とか........147
ところだ........129
と～と、どちら........119

な

な........48
なくてはいけない........51
なくてはならない........53
なくてもいい........42
なくてもかまわない........45
なければならない........49
なさい........55
なら........157
にくい........100
にする........64
について（は）、につき、についても、
についての........108
の........15
の（は／が／を）........33
のに........146
のに........163

は

ば........152
ばかり........19
はじめる........127
はずが（は）ない........78
はずだ........77
ほど～ない........118

ま

までに ……………………………… 17

まま ……………………………… 137

もらう ……………………………… 174

命令形 ……………………………… 54

数量詞＋も ……………………………… 103

や

やすい ……………………………… 99

やる ……………………………… 171

（よ）う ……………………………… 61

ようだ ……………………………… 81

（よ）うとおもう ……………………………… 59

（よ）うとする ……………………………… 62

ように ……………………………… 143

ようにする ……………………………… 144

ようになる ……………………………… 112

ら

らしい ……………………………… 83

（ら）れる ……………………………… 97

（ら）れる ……………………………… 186

（ら）れる ……………………………… 192

MEMO

新制日檢！
絕對合格
圖解比較文法 **N4**

[25K ＋MP3]

比較日語 03

- 發行人／**林德勝**

- 著者／**吉松由美、西村惠子、大山和佳子、山田社日檢題庫小組**

- 譯者／**吳季倫**

- 出版發行／**山田社文化事業有限公司**
  臺北市大安區安和路一段112巷17號7樓
  電話　02-2755-7622
  傳真　02-2700-1887

- 郵政劃撥／**19867160號　大原文化事業有限公司**

- 總經銷／**聯合發行股份有限公司**
  新北市新店區寶橋路235巷6弄6號2樓
  電話　02-2917-8022
  傳真　02-2915-6275

- 印刷／**上鎰數位科技印刷有限公司**

- 法律顧問／**林長振法律事務所　林長振律師**

- 書＋MP3／**定價　新台幣 310 元**

- 初版／**2020年 6 月**

© ISBN：978-986-246-580-6
2020, Shan Tian She Culture Co., Ltd.